安妮特

[德] 安妮·韦伯 Anne Weber 著

李栋 译

江苏凤凰文艺出版社

图书在版编目（CIP）数据

安妮特 /（德）安妮·韦伯著；李栋译. -- 南京：江苏凤凰文艺出版社，2022.10
 ISBN 978-7-5594-6959-5

Ⅰ.①安… Ⅱ.①安… ②李… Ⅲ.①叙事诗 - 德国 - 现代 Ⅳ.① I712.25

中国版本图书馆 CIP 数据核字（2022）第 111804 号

著作权登记号：图字：10-2022-232 号
Title of the original German edition:
Author: Anne Weber
Title: Annette. Ein Heldinnenepos
© MSB Matthes & Seitz Berlin Verlagsgesellschaft mbH, Berlin 2020. All rights reserved.

安妮特

（德）安妮·韦伯 著　李栋 译

出 版 人	张在健
选题策划	于奎潮
责任编辑	王娱瑶
装帧设计	徐芳芳
责任印制	刘 巍
出版发行	江苏凤凰文艺出版社
	南京市中央路 165 号，邮编：210009
网　　址	http://www.jswenyi.com
印　　刷	苏州市越洋印刷有限公司
开　　本	880 毫米 ×1230 毫米 1/32
印　　张	7.625
字　　数	150 千字
版　　次	2022 年 10 月第 1 版
印　　次	2022 年 10 月第 1 次印刷
书　　号	ISBN 978-7-5594-6959-5
定　　价	52.00 元

江苏凤凰文艺版图书凡印刷、装订错误，可向出版社调换，联系电话 025-83280257

安妮·博马努瓦是她的一个名字。
确认存在这样一个人。不过,除了
书里写的,真人其实生活在法国南部的
迪约勒菲,在法语里是神创之的意思。
她不信上帝,但上帝相信她。
如果有上帝,那她一定是上帝创造的。

她年纪很大了,但在这个故事里,
她还没有出生。到今天,
她已经九十五岁了。故事里的她
在这页白纸上才刚来到这个世界,
在一片捉摸不定的空白中,
用小鼹鼠般的眼睛看来看去,
事物的形状和色彩,父亲母亲、
天空潮水大地慢慢填充着这一空白。
天空和大地永远在那儿,
潮水来了又去,每天两次
涌入阿尔格农河
干涸的河床,抬起靠在岸上
数小时的船只。每天两次,

海水随潮汐退去，那儿的人
叫它"袖子运河"，或"拉芒什"，或"袖子"，
其实它既不是运河，也不是袖子，
凹陷的形状更像一支臂膀：
这海的臂膀，从大西洋绵延
至北海。轻轻地，船只
又倒向一边躺在了岸上。

在还无人居住的房间里，
游走着两对、有时是三对发光的
星星，确切地说，是眼睛。
像在暗室，轮廓慢慢在暗光里
清晰起来，星星的轮廓
勾勒出面容。母亲、外祖母、
父亲、叫安妮的孩子——所有人
都叫她安妮特，都围着她
转。

今天安妮和安妮特的年龄差距，
大概是和当年外祖母年龄差距的两倍。
但在历史的某个角落，
惊人地远又好像很近，
还有着这么个孩子。她们是一体的，
孩子没有缺陷也没有死，她睡着了，

她还在那里。

安妮特出生在一条死胡同里,
这不是什么我们用来形容自己的
比喻。外祖母的房子在一间间
未粉刷的渔家小屋的最后面。
渔家小屋在一条河前一字排开,
每间小屋除了一层的起居室,
屋檐下左右两边各有一个房间。
叫是叫外祖母的房子,但并不是说
小屋是外祖母的。屋子是她租的。
房子又小又旧,所以房租也就
相应地低廉。不过,就是这样的陋室
对她来说也很奢侈。以前她作为寡妇,
没有船,要靠徒手捞水产品
把她的孩子们拉扯大:
日复一日。退潮时,她就出发,
在湿漉漉的沙滩上费力地找
各种海鲜:蛤蜊、螃蟹、
扇贝、海螺,然后把它们
放在背上的篮子里,到周边的
村庄,比如圣埃尼格特、
拉维拉齐结尔、来泰特、圣母吉尔多、
或是勒布永去售卖。

她母亲的母亲是在十九世纪,
也就是两百年前的布列塔尼出生的。
她是贫农的孩子。她父母
没法养活自己的孩子,就把他们
一个接着一个送给富人们做仆役。
这个叫库玛特的小女孩非常穷。
在很长的一段时间里,她都没有
底裤穿。小外孙女为此很震惊。
她确实没有这些。长年睡在稻草堆里,
她一年的收入就是一双新的木屐。
每隔一年,她要么得到一件披肩和一双丝袜,
要么是一条裙子和一件外套。
不过这些并非什么奢侈品,因为
她还小,还没有长大。她没上过学。
大家把这种像她一样不识字
也不会写字的人叫文盲。
她五十岁的时候才第一次意识到
她的母亲从来没有亲吻过她。
当时安妮特大概七岁。到现在
都从没为此抱怨过的她突然潸然泪下。
外祖母和外孙女就坐在那儿,
互相亲着吻着亲着吻着,
哭泣着。至于父亲,外祖母只记得

他很粗鲁。她从不提兄弟姐妹
或是像她一样的童工童仆,
这些人或许已经死了或是失踪了
或是还住在附近。安妮特
最爱的就是外祖母了。
她的富有不在物质上,她的教养
也不是通过书本而来。

和我们每个人一样,安妮特
还有一个祖母。这位祖母爱她少些。
是她父亲的母亲,也姓博马努瓦,
在法语里是美丽庄园的意思。在当地,
她家也确实是一户家境更好的人家。
不过,那里也没哪户跟高大上的圈子有瓜葛。
博马努瓦夫人也是位寡妇,她的父亲
是位公证员。安妮特小的时候
和这位祖母都没有
见过面。这位祖母不允许
她的儿子娶这个来自渔家小屋的女孩,
也就是外祖母的一个女儿。就这样,
祖母和安妮特的父亲彻底断绝了关系。
博马努瓦夫人一定也遭了罪,
不过又能怎么办呢?
她彻头彻尾地拒绝接受

这不相称的联姻。后来让她伤心的
当然是小安妮特的
到来。祖母觉得
儿子得比这强。她是对的,
他确实比她想的更强大,因为他
为了爱的人而放弃了受人尊敬的阶层
和遗产。在那个时候,
这一对爱人自己还是孩子,还未
成年,没有父母的允诺,
不可以结婚。所以安妮特整个儿
就像童话里一样,确切地说,
是在布列塔尼的童话里,生在
外祖母的渔家小屋,是婚外的私生女,
是爱情的结晶,暂时还没有
任何的出生
登记。

有人会说,她的父母
很幸福,不过,这么说对吗?
可以就这么笼统地说吗?
不是一直就认为幸福的状态
只存在于瞬间吗?但他们每时每刻
都很开心。谁有证据想反驳的话,
就请利用现在这个机会开口吧。

幸福是她日常生活的基调。从一开始，
她就被这听不见的暖音所环绕，还有
父母那明澈的双眼
以及无可畏惧的心态。
安妮特就这样出场了。

她的父母并不只是别人所谓的幸福如一，
他们两人还大不一样。父亲让个子高大
而母亲玛尔黛则很小巧；他沉着冷静，
她则活泼健谈又通情达理。
她很会讲故事，能讲得人
惊愕结舌。他喜欢叫她
我的女权论者，倒不是指
她的女权主义态度，而是她
对不公正愤慨、嗤之以鼻的倾向。
按她自己的话说，就是急性子，
法语里直译就是牛奶汤，其实也无所谓
哪种汤，就是一烧就糊了的那种。
什么事她都是自学的，什么事也不是说
所有的事，不过也够多了：
读书的乐趣，打乒乓球，就是开车
没学会，因为她性子太急了。

现在想来也难怪了，在这样

有利的条件下,女儿该是什么样的人,
就会成为什么样的人。一本书的封皮之间
不可能涵盖几十年所做出的努力和事迹,
书的宣传语也只能略微总结。
如果条件本身就能决定
未来的话,那么我们也就能卸下各种责任、
各种负罪感、各自的良心。但事实
并非如此简单。重要的事件
还没有到来,还等着去完成。

现在安妮特快五岁了,
而且快要过生日了,
不过她能度过这个生日吗?
今天看来,这个问题有点愚蠢,
不过在当时,答案却没那么确定了。
她病得很重,完全不省人事,
但后来她醒了过来。第一眼看到的
就是给她的生日礼物——一辆自行车。
她的父母没意识到当时的
世界经济危机,他们有自己的
大萧条。坐在自己唯一的女儿的
床边,他们没有祈祷,而是
不无绝望地完全遵循着医生的
指示,而医生自己也不太相信

这个孩子还能被救过来。
脑膜炎。幸好,最糟糕的事
已经过去。安妮特有了知觉,不过,
不是按个按钮,就能完全好过来。康复的
过程很漫长,因为直到九十年后的今天,
她才依稀记起来,
是肌肉、皮肤、关节、肌腱
和大肠最先有了反应;
直到耳朵也缓过神来的时候,
她才能听到父母的声音。
小康复病人的身边开了一场
峰会,两位祖母都来了。
博马努瓦夫人见到了布鲁内夫人
(村里人都这么叫外祖母)。
"幸会",是啊,"幸会",两人"幸会"来
"幸会"去,但主要还是为了小家伙的康复。
在此期间,安妮特的父母已到了法定年龄
正式结了婚。现在安妮特用上了她父亲
和与他言归于好的祖母的姓,
在登记簿上她的名字是:
瑞萌德·玛赛尔·安妮·博马努瓦。
她早就离开了渔家小屋,
和父母、外祖母一起搬到了阿格农河上
那座叫吉拉格的铁桥的另一边。

外祖母的丈夫是位铁匠,
曾来这里参与造桥。但五年后,
在有了三个孩子以后,他得了肺痨
去世了。新房子也只是
一座小屋而已,在岸的另一头,她
出生小屋的对面。河把两座小屋
分隔开。涨潮时,河变成了宽阔的
激流;而退潮时,则成了两股溪流。

看看那幸福的小屋。如果站在桥上,
朝岸边的两座小屋看去,
左看看右看看,可以想象。
在第二座小屋的走廊上,
一家人在晚饭前,
在用作球门的大门和父母房间之间,
正踢着足球,直到
第十个进球为止。
之后又上演了摔跤比赛,
就像在幸福家庭常会上演的一样。
嗯,这是幸福的标志。

当球被踢到桥下的时候,
安妮特和外祖母就在厨房里,
开着窗跳波尔卡舞。

安妮特的父亲让是社会主义者。
但这里的牧师,我们说的是布列塔尼,
牧师都信天主教。总之,
神父先生常来家里吃晚饭。这其实
也没什么值得大惊小怪的。得知道
他上任后就给所有人同样的蜡烛,
更确切地说是同样大小的蜡烛。
在这之前,圣餐庆典仪式上,
会按家庭的贫富程度给蜡烛,
有的指头般大,还有的,
像给迪波内家孩子那样的,
是个大烛台,就这样放在孩子跟前。
父亲和这位牧师交往得不错,
为了不让他伤心,父亲把安妮特
送去参加第一次圣餐仪式。
为这事,母亲玛尔黛不是很开心。
不过,她也喜欢这神父。之后,
用安妮特的话来说,
就是两周"爆炸性的神秘"。
当然不是什么都没有发生,不过,
已过去了差不多一百年,
也就没有什么了。这之前和这之后,
其实什么都没发生。像在大仲马的小说里,
村里有蓝白之分,

即共和派和保皇派，
虽然后者也不一定都还是
保皇派，不过一定还是传统派，
还是天主教徒。蓝派还是
共和派，他们也是
世俗主义者，就是说，他们想
把教会分离开，当然是从自己身上分离，
还有就是和政府分离。真能这样的话，
他们也就没什么话好说的了。
这在布列塔尼还是一种既虔诚
又不虔诚的愿望。在勒吉尔多，
有一所天主教女子学校，
孩子们都去那儿上学，连
少数富农的和爵士庄园佣工的
女儿们也是。这儿确有
一位公爵和一座城堡。
在另一所公立学校，来的
都是穷得叮当响的
长时间海上作业的水手海员的孩子。
这些人在纽芬兰岛周围大量捕捞鳕鱼，
然后在海上数月晒干或腌制，
最后带回家。还有就是沿海渔夫的
女儿，中间还夹着两三个农夫的孩子，
一共三十个女孩，正好一个班。

再多来几个，世俗学校也就装不下了。
安妮特在那里学认字和写字，
在她自己都还没完全搞懂是怎么回事的时候，
就开始教外祖母了。外祖母确实
读书、写字这两样都不会。
安妮特的被窝
就是很好的教室。这样的教学持续了
几个月，两个人就都能说能写了，或者说
能解读了。靠安妮特帮忙，外祖母写下了
这样让人难忘的句子："今天
我用院子里的胡萝卜和韭菜
煮了一锅汤。"她还费力地
念给女婿听，
不管怎样，她确实念得出
字典上的解释，可惜不知道
指的到底是哪个词。
不过能看到：被窝里的
启蒙还是有意义的。

二十五年后，外祖母
奄奄一息。安妮特在她身边，
和她做最后的告别。手里
紧握着一本刚刚在读的书，
也就是说，她没在读这本书，只是

放在身边而已。书的作者是阿瑟·库斯勒,
书名是《中午的黑暗》,译成德语的
书名是《日蚀》。
法语版封面上
写着《零和无限》。
外祖母临死的这间屋子
赋予了这三种书名新的意义。
临死的她伸出一只憔悴的手,
伸向书,她长长地
凝视着,嘴角边似乎
露出了一丝笑意,
粗糙细小的手指放在"零"字上,
然后轻声又不无狡黠地说:
"这个字我记不得了。"

沉默。

回到开头,小安妮特的生命
才刚刚开始。前面说过,
她在一九二九年就已经拥有了一辆自行车,
这可不是随便哪个五岁的孩子
介绍自己时能这么说的,特别是像安妮特,
她的父母并不富裕,然而
也不是哪个这么大的孩子

都有一位自行车赛冠军的父亲。
嗯，冠军这个词用得有点过，
总之是运动员，还参加过
环法自行车赛，还是
在二十年代初，安妮特那时还没出生。
在吉尔多码头，就在桥边房子下面，他后来
开了一家店，店面上写着：
自行车和其他农用轮具。
后来，他拥有了村里唯一一辆，
哦不，是第二辆汽车。
然而，他的车基本上
是用来把老是搬迁的邻居送到这儿送到那儿：
在吉尔多，稀缺的就是
免费的出租车。在同一个码头，
再往前走走，有三辆篷马车。
以前冬天的时候住着一个马戏团家庭，
是吉卜赛人，法语里是波希米亚的意思。
父亲让也会无偿
给他们修独轮车和其他道具。
安妮特常和他们的一个女儿
一块儿玩，外祖母坚信
这个小女孩
身上有虱子。即使教皇说没有，
她也不会相信，

而她是家里唯一一个
还算是相信教皇说的话的人。
外祖母想办法不让这两个小女孩
把头靠在一块儿,但徒劳无功。
外祖母就用她的细梳子
轻轻地给那个小女孩梳头发。
之后,外祖母给她做可丽饼吃。
看得出来,这博马努瓦祖孙三代
四口人都是好人,应该说是
可以想象的最好的邻居。那个吉卜赛
小女孩的妈妈一直祝福他们一家。

学校里的孩子和他们的父母一样
分成两类:一类来自陆地,
是农民;另一类来自大海,
是海员,这些人
口若悬河的时候,旁边的其他人
看起来更像是文化人。
住在河口的人,
即使自己不出海,
也和大海,和开阔的风景
有着割不断的联系。
潮水把小货船推上河岸,
要在潮水退去前

迅速卸货。

常有水手上岸来,岸上的人
谁都听不懂他们的话。不过
还会和他们交谈。小学里的
女老师是一位商船官员的遗孀。
这位官员的船和船上海员一起
在冰岛附近的西北大西洋海域
不知何时被吞没了。
每天早上,没被吞没的女老师
站在全班面前。班上有两个叫杰嫚的
小女孩,她们的表现同样糟糕,
不过作为惩罚,女老师只是
扯了其中一个的辫子。哪一个
是镇长的女儿呢?
安妮特很小的时候就有了
不公平的意识,这主要就是
受到了这第一位老师的
极大影响。

安妮特成了迪南中学的内部人员。
这是一所为十一岁以上的学生开设的
公立学校。"内部"就意味着
她在学校吃住,只能

每两周回一次家去看看
父母和外祖母。在回家的公交车上,
她瞥见了一个叫约翰·巴蒂斯特的男孩。
不过他真叫什么,她不清楚。
这么叫他,是因为他很瘦,一头
深色卷发,像极了施洗者约翰。
这一切开始得这么早!但这个男孩子还没有注意到。

一九三六年,十三岁的她在父母海边的房子里
度过了最后一个夏天。
但这里为什么这么多人呢?
天啊,这些人都
想要干什么?社会主义者
和共产主义者已经引入了
带薪假期,就两个星期。
不管怎样,人民阵线万岁,
人民阵线万岁。一伙人下了
风光小火车小巴士和其他
任何能滚动的东西,挥舞着渔网
和鱼瓢,穿着节日的盛装,那是
一种特殊的周日礼服,被蒸汽车的烟熏得发黑。
来的人到处都是,他们唱歌打球。
一个海滨现在倒成了
广泛的人民阵线了。

无论他们从哪里来，都成了首都来的，
换句话说就是巴黎人，
而不是德语里"巴黎人"的
另一个意思：避孕套。
一九三六年的夏天。大家都知道
这一年在德国发生了什么。
墨索里尼统治着意大利。
西班牙内战刚拉开帷幕。
对布列塔尼小镇上
一个十三岁的孩子来说，
一切似乎比今天的叙利亚
或乍得还要遥远。
但表象往往能骗人，
因为第一批西班牙人已经到来了，
准确地说，是西班牙妇女，
她们的丈夫们或死
或伤或被俘虏，所以她们带着孩子
到布列塔尼寻求避难。
自从她的父母放弃了河口的房子
在迪南定居之后，安妮特
就已不再是内部学员了。
她的父母一边帮助西班牙难民们，
一边还经营着一家咖啡餐厅。不过
咖啡餐厅基本上就是接待委员会，

他们参与，不求报酬，完全
出于善意。安妮特是和平主义者，
直到她十五岁的时候却想成为
一名"恐怖分子"。她受了马尔罗小说
《人的命运》里一位主人公的影响。

人通过死亡而活着。是为别人
去死？或是仅仅希望
去死。死亡的意愿
把他从必死的现实中解脱出来，
从而解脱于人的境遇。
马尔罗被授予龚古尔奖，如果我们
细想这两个"尔"的内韵和考虑批评意见的话，
他确是一位双面性的人物。不过，没关系，
这一点无关紧要，主要的是高涨的情绪，
一种震撼内心的感觉，为事业、
目标、理想必须献出生命的
使命感。一九三八年，第一个德国难民
来了，是个女的，叫艾尔萨。
"尽管她是德国人，也就是说乍一看
应该是敌人，不过她很漂亮"（安妮特原话）。
艾尔萨来自柏林，话不多，一口法语
很差，不过有些事还是能说清楚。
比如说，她不太容易相信别人。

她讲了她叔叔的故事，他在自己的店里
被几个进进出出的年轻人吊死了。
她说的当然是真话。

就这样，一场战争开始了，
至少在法国，还不是战争，
更像是坐观其变，
法国人把它叫作
滑稽的战争，
尽管战争一点都不滑稽。
不是因为他们比邻国人更幽默，
而是外语不是他们的强项，
所以他们把英语里的 phoney war，即虚假战争，
理解成了 funny war，即滑稽的战争。

之后，不再滑稽的战争登陆了。
进攻于一九四〇年五月十日开始，
六月二十二日结束。尽管只是六周
而不是六个月，尽管德军遭遇的
不是钢枪铁炮而是黄油果酱，
八十年后，法国人对这六周
仍然心有余悸。
七月，德军在迪南的街道上
以正步游行，法语里是鹅行步，

德语里是游行步或站步走。
安妮特十七岁,更喜欢近距离观看。
就在这几周,有些事将决定
她的命运,如果命运没有在阿尔格农河口
早就决定了的话。

海水涌入的时候,
河流会抵抗。
春秋两季,潮涨潮汐比其他时候
都要剧烈,人们把这种现象叫作
活水。咸水和淡水相遇
会形成一堵水墙,
一堵流动的大坝,
也就是所谓的涌潮。

先从小事说起。她十七岁了,
正值暑假,一个男人跟她套近乎。
这可以是一段爱情故事的开头,
却不是。这个男人叫 S,是个战俘。
跟着他的还有两个人,和他一样
都为指挥官做翻译工作。
他被人带着穿过了城市。
看管他们的人相当不上心。
S 和恰巧路过的安妮特

随便说了几句话。要点是:
要在前军营
也就是现在的战俘营围墙前
取几个包裹并把它们
送到指定的地址。最小的包裹上
有地址(别的包裹上的地址只能想象)。
她会接手这个任务吗?
你怎么看? 没错,
她会接这个活儿。在指定的地点
住着一位美丽勇敢的女裁缝。
女裁缝知道怎么从无变有,当然
也就知道怎么处理包裹。她把自己的
一头金发编成皇冠的造型,并以巴黎的
疯狂时光或是
眩晕的生活而闻名。她儿子
可以证明,但现在
他被囚禁在德国。
在 S 消失之前,安妮特
还见过他两三次,多年之后
才知道他那时去了英国。
他留给她的有《希望》,
马尔罗的另一部小说。
这本书是关于西班牙内战的,
S 对这场战争知根知底。此外,

行李里还有他留下的另外几本书。
之后,他就消失了。现在,
她又结识了一些新人,接触到
别的抵抗运动的成员。
其中有位小学老师。那年夏天
和之后的夏天,她骑车为他
运送了不少东西。
像大多数事情一样,抵抗并非
如你所想,不是一步而就的,
不是一目了然的,
而是缓慢而不易觉察的,
人不知不觉就参与其中了。
而第一个要反抗的
是你自己,
要反抗自我的恐惧。如果有人跟踪,
被查到携带被禁的著作或物品怎么办?
她意识到,恐惧是可以克服的。

一年过去了,她仍然血气方刚。
有没有可能再快一点儿长大呢?
这沉闷的一切对她来说
就是毫无作为。
这还要持续多长时间呢?
她半心半意地开始在雷恩学医,

却全心全意地梦想着
英雄牺牲的壮烈事迹。
不幸的是,缺乏机会。
虽然通过那位小学男老师
她确实有了些关系。
这些关系不是什么普通的熟人,
而是少数有共同志向的
可靠人士。但什么时候
才会动真格?为什么还没有人
把重要任务交付给她呢?
什么时候才能去追剿
那些被叫作铜绿的德国士兵呢?
为什么雷恩的街道
还不像马尔罗小说《征服者》中
广东闹革命的街道那样?敌人
只是顺便做了德国纳粹,
他们主要的职业其实是
帝国主义者、资本家和民粹主义者。

不幸的是,现在她只能静静等待,
骑骑自行车。一个小小的任务
把安妮特带到了布列塔尼的中心地带,
在乌泽尔附近的一个小村庄。
这个地方小而不起眼,后来都无法找到。

谷仓里已经放好了一辆自行车。
奇怪的是，这辆和她父亲那辆很相似。
啊，其实这辆就是他的。他走了过来。
难道他也是……？他示意
即使是她小名为小玛特的母亲都不能
知道他们这次偶然的秘密会面。
一切都还不错，但显然
不够冒险刺激。
让一个决心为遥远的未来，
不，甚至不是为未来，
而是为了理想，换句话说，
就是为了无法实现的东西，
而耗费精力和生命，
"这是不人道的"（安妮特原话）。
在大学里，她终于遇到了
托洛茨基主义者 C.H.。
他派她到布雷斯特去参加会议。
如所预料的那样，
那里正下着雨。穿着蓝黑相间制服的
海军军人们融化在夜色里。安妮特
从一条光线昏暗的小巷子转入了
另一条更昏暗的巷子，她先敲了四下门，
接着又敲了两下，然后说：
"是迪南！"这是事先约好的暗号。

她就是迪南，是这座城市当之无愧的化身。
之后，因为宵禁，在场的人
（和安妮特在一起的几个男子和三位女士）
讨论了一整夜。讨论的结果
就是用德语大概写了一份
对铜绿军人的呼吁，号召他们远离那些
褐衫黑衣的军人。具体怎么做？
这些夜猫子其实是想劝说德国士兵放弃。
放弃他们的政府？还有比这更天真的吗？
在一个喜欢散步的德国人常去的公园，
安妮特会去分发传单。对我们来说，值得庆幸，
对她来说，很是恼火，她等了半天都没等到传单。
空洞的承诺！这次可悲却大胆的行为
导致了一九四二年夏天她圈子里的成员
接连被逮捕。谨慎的态度决定了她的下一步，
有时甚至是安妮特听命于这种态度，
她必须离开雷恩。不管怎么说，
她本来就向往着更严酷的使命
并开始朝 PC 的方向倾斜，不过
PC 既不是当今个人电脑也不是政治正确性的
英语缩写，而是自一九三九年九月以来
被禁的一个党。

"如果你在十六岁时还没有

坚定的信念"（安妮特原话），
"你很有可能永远不会
有任何信念"（非安妮特原话）。
对死亡、恐怖以及革命通常会
带来的东西视而不见，
就"带着希望，嘀嘀地跑着"
（匆忙中，都不知是不是安妮特原话），
朝着一个没有存在过也不会存在的地方，
那里并不是和平、自由和兄弟情谊
统领一切，而是……占上风？
巴黎不是这样一个地方，却是
极好的落脚的地方。逃亡的她
现在来到这里，又可以继续革命了。

她的住地在凯勒曼大道上。
凯勒曼这位拿破仑时代的元帅
是阿尔萨斯人，曾与迪穆里埃将军
一起在瓦尔密完胜普鲁士军队。
在一九四二年九月的今天，这条
名字让人自豪的大道上，
有一家叫作格罗姆和罗纳的工厂，
就在安妮特家对面。厂名听起来
像是两兄弟的名字，或是德法友谊。
然而，这里却为德国陆军生产发动机，

包括梅塞施密特 Me 321。
安妮特的母亲对她女儿的新地址
非常不满意，但安妮特
也不会在那里待太久。
她正在学医。到目前为止，
在巴黎只有一个熟人，
叫蒙娜丽莎。巴黎的学生
都有着令人目眩的长舌，
他们的大脑也有过之而无不及，
这就是为什么他们总是看起来
好像已经掌握比所学的多得多的东西。
所学的概念眨眼间会变成论题、反论
或综述，然后引用很多外语词，
大做文章。顺便说一句，他们的这些能力
或多或少是天生的，
要想和他们竞争是极不明智的。
安妮特甚至都没尝试过：
不知是谁把她的舌头灌了铅。

所谓的命运，是不是就此
走上正轨了呢? 是的话，那我们一定
认识把安妮特带到这一步的神灵。他们是
让、外祖母和小玛特，
是阿尔格农河、渔家小屋和潮汐之变。

巴黎很大！巴黎很小。是很小，如果只包括
那些不想再像以前那样继续活下去的人。
这些人不安分，也不合群，
这一小群抗争的人，
不招摇自己，也不招你入群，
这些人你一定得愿意去找才能找到。

安妮特找到了，捕鱼似的，
像手捞水产品。就在哈斯邦耶大道，
她找到了青年运动领袖马克·桑尼耶的团队，
她猜想他们参与抵抗运动。
捕鱼人有了收获！
这里，她碰到了一个相识的，通过他，
她与一个关系取得了联系。第一次相遇，
不管是偶然还是命运，并没有太多累赘：
在卢森堡公园某个石梯的某一侧，
这个关系靠在护栏上全神贯注地看书，
右臂夹着暗号，暗号不是牙膏之类，
而是纳粹在已占领的欧洲各国
传播其思想的宣传报。
安妮特对他说：
"多美好的春日啊！"当然，
她没用德语这么说，用的还是法语。
现在回想起来，那句子虽然不是很奇怪，

但似乎有点招人怀疑,
也没那么自然。还是
巴黎人都是这么说话的,即有可能
没有人注意到他们。他们两人
在一张长椅上坐下,而这在卢森堡公园
也没什么特别的。他很是沮丧,
因为组织上送过来的这个小姑娘
那么年轻,都没什么斗争经验,
对巴黎也不是很熟悉,
要说打字的话,她也不会。
那她至少会"抛空"或"拼贴"吧?
她当然是已经准备好了,
但什么是"抛空"和"拼贴"?
他看了看她:
和这样的孩子一起
我能和纳粹斗争吗?
好吧。其实或许可以。
这个姑娘看起来讨人喜欢、
与世无争,样子比起内心
可能要上千倍的与世无争。
他想的是对的,
而且不只在一个方面。一开始他只想到了
一个方面,而忘了关系是要人去接触的。
他没跟她握手,而是给了具体的指示:

"明天下午六点,杜维尼街角,奥尔良大道。
就穿你今天穿的。一个戴尖顶帽的家伙
会来问你奥尔良大道在哪里。你要回答说
后天。"她一边听他说,一边想着明天的事、
今天的这个人和他那秀气颤抖的双手,
而不是像我们想象的那样,
想着黑白电影里的场景。
他们俩就此起身离开,并肩朝着
丹佛尔·罗谢尔广场的方向走去,直到他突然喊道:
"过马路!"她穿过街道。会面结束。

今天就到此为止。到了要通过考试的时候了,
不过不是考医学。在雷恩,要在很多的墙上
贴上宣传单,还要随身背包裹,
包里的纸重得包裹都撑不下,
安妮特也会印传单了。接下来的一步
就是拼贴,也就是在晚上贴传单。
而抛空指的就是溜入某个地点,
然后将一捆传单扛在肩上,
然后抛向空中,重复三四次
全部抛完。法语词"抛空"(lâcher)
和看似相近的词(lâche)无关,后者
是怯懦的意思。虽然前者在拼写上
包含了后者,但在意义上不是一回事。

还有另一个任务也不适合怯懦的人,
即在电影院电影放映完毕散场的时候,
用扩音器来号召法国人。
"法国同胞们……!"
你必须了解场地,并能把握合适的时机。
安妮特在这两方面都很出色。
只有一次,她差点被人抓住,
那人估计是德国人或是奸细,
因为没人帮那个人,也是因为
安妮特本来是要做杂技演员的,
她得以开溜。

她的表现能让导师满意,导师也确实
对她很满意。他站在一个小卖部门口
等她,手上拿着报纸遮着脸。
他们两人走着,仿佛没有目的,或是
目的地并没有在地图上标出。
她不必换到街道的另一边。没有
指示。孔特雷斯卡普广场、
莫贝尔、塞纳河畔到玛丽桥,
桥几个世纪以来就立在那里。而他们呢?
他们第一次站在桥上。这座桥
变得异常安静,太阳慢慢在他们身旁
移过。今天,他们俩的岁数加起来是四十,

而明天他们就有可能不在这个世界上了。

他叫罗兰。以前叫雷纳·朱雷斯特尔，
现在很少有人有这样的名字了。
他是德裔犹太人，在巴黎郊区的
圣旺长大，今天他的出生地
被称为北郊或法语里的数字九十三，
和一七九三年的法国大革命无关，
而只是邮政编码，特别是边缘人的
邮编，他们中的很多人不是法国人，
至少不够法国人。
罗兰是共产主义青年团的成员，
安妮特很快也将成为其中一员。
状态：地下，永远保密。
事实上，存在于地下是持久的，
改变的是其他的一切：
行动地点、住所、名字。不久之后，
他成了罗兰·维尔涅，后来是罗兰·弗勒里，
她先是奥迪尔，然后是卡雷，最后是索耶。
他们的藏身之处在好消息大道
和阿斯涅尔，后者在市郊
很远的地方。

他们坠入爱河，相亲相爱。

这会被允许吗?
爱情不在组织的预料之中,
或确实预料到了,却严格禁止。
理由是:私人关系会带来
风险。每一名地下组织成员只认识
另外两个成员,不多也不少。
所有成员都使用假名。
如果有人被抓,即使在酷刑之下,
他也不可能供出任何人。
这对恋人显然破坏了规矩。
但他们不为所动。大家都知道,
有些事是任何党派、个人、法律都无法
阻止的。当然,其他同志不会知道,
又怎么会让他们知道呢?他们的一生
就只是藏匿之所,是一个装满秘密的
衣柜。此后,又有一人藏匿于他俩之间。
在寻求庇护、过夜的地方,他们更喜欢
有双人床。在安妮特阿斯涅尔的家中,
就有这么一张床。对此应补充说明:
安妮特和罗兰相遇的时候,或是他们被对方
碰上的时候,在某种程度上说,他确是孤独的,
虽然没有人应当一个人这么孤独。
他们彼此之间所说的、所隐瞒的
都埋葬在了时间的黑夜里。

不过,安妮特知道,
她的罗兰虽然年轻,
却已和别人在这样一张床上睡过。
他十九岁时就娶了一个不到十八岁的
女孩子。他想与妻子和她的父母
一起越境。就像今天来自索马里
或厄立特里亚的难民一样,他们
把自己所有的钱都给了
知道或应该知道去另一边的
最佳途径的人。让人意外的是,他们
得渡过一条河,是克勒兹河或是谢尔河,
但她的父母一点儿也不懂水性。
他们留在了岸的这一边,之后被逮捕。
这对年轻的夫妇也没走出多远。
苏菲刚一下水,他们就遭到岗哨的射击,
估计是德国人。
而罗兰,他已潜入水下?
罗兰往前游了一段,才上岸得救,
可惜,还是回到了河岸的这一边。
这是他后来告诉安妮特的。
他把自己的越境计划
和苏菲以及她父母身亡的所有情况和盘托出。
罗兰可能一辈子都不知道,七十年后的今天,
有人在法国政府的网站上读到,苏菲·朱雷斯特尔

根本没有死在河边，
而是死在了奥斯维辛。
因此，子弹可能只是擦伤了她，她被人
活生生地从水中拉了出来，被送到了德兰西，
然后是死亡。显然，有谁并不希望
她第一次遭到射杀时
就能得到了断。在这里，
这块白纸墓碑将承载她的名字、她生命的数据。

苏菲·朱雷斯特尔，原姓汉莫儿
华沙1921年1月11日 — 奥斯维辛1942年9月19日

沉默。

有人反抗，那反抗
一定是针对特定的东西，在这里
是指德意志暴政及其恶劣的
思想。不过反抗的人
或许会常常自问，这个规章
那个准则是否正确
是否公正。让我们扩充一下：
这两位抵抗成员之所以还没

骨瘦如柴，是因为安妮特每周
都会收到家里寄来的包裹。
包裹当然不会直接寄到她藏身的地方，
而是轮换着寄到她父母朋友的两个
地址。包裹闻起来很香，
像是外祖母的手艺。一九四四年的一天，
安妮特到市郊一栋砖砌楼里的B家
去拿类似的食物包裹。B夫人
叫伊丽莎白，是个门房，她的丈夫
在阿歇特图书公司工作，他听闻
在巴黎十三区一个叫鹌鹑之丘的街区
近期会有一场突击行动。
伊丽莎白认识住在那个区的维多利亚，
她也是门房，在阁楼上也藏匿了
几个上次勉强逃脱的人。
听说这次楼房会被彻底搜查。
危险在即。那些人得离开。但离开，
该上哪儿去呢……安妮特？安妮特，你
不是有认识的人吗？你得向抵抗组织的
上级报告！她笑了笑，又点了点头。
走前她保证会尽力做她力所能及的。
她力所能及的！她又能做什么呢？
她的上级又能做什么呢？这位伊丽莎白
似乎把抵抗运动当成了

一个拯救遭受迫害的犹太人的机构。
迷失于不安的思绪中，安妮特走在街上，
尖顶磨坊路、意大利大街，
她的脑海中浮现出散落全国
乃至整个大陆的一间间小屋、地窖、阁楼，
人们沉着脸，呆坐着，等着她。
她向组织宣誓过，
保证不自己一个人出头行动。
她只不过是一个齿轮，而这样的大事，
她除了急得转来转去，也做不了什么。
她冒风险参与的行动都是别人事先计划好的。
她对这种下属执行关系感到满意，这
是她自己想要的，也是这么理解的。
自发的个人行为等同于危险。她真想帮忙，
但又不能去帮，如果她因为冲动
而被逮捕并受到酷刑，那她的组织
就可能面临危险。等等……她
抬起了头……这儿不就是
鹌鹑之丘街区吗？左手边的
那条路叫什么？小风磨路！
某个犹太家庭就躲在这条路上某个屋檐下。
安妮特定了定神。心跳加剧，她心里盘算着
机会大不大，又想了想可以藏身的地方，
又全盘推翻。她想到了罗兰，于是

踏着坚定的步子朝那栋楼走去，
敲开了名字意思是胜利的维多利亚的门。
她们俩一边上楼，维多利亚一边告诉她
藏在阁楼上的都有谁。
有一位正直的利索普拉夫斯基先生，
太太死了，带着两个年纪不小的孩子。
他不久前还在小风磨路上做面包生意，
开着一家店铺。还有一位年轻的女士，
是被抓去的雇员的妻子。这几个人
从数月前店铺被砸以来就一直躲在这儿。
门开了。安妮特一看，这位父亲
看起来很老，而他的孩子都大得不能叫孩子了。
是啊，这两个孩子都比安妮特高，尽管稍微
小了她几岁。男孩大概十五六岁的样子，
女孩大概十七。那位年轻的妻子脸色苍白，
手里还抱着个婴孩。维多利亚也没提到婴儿，
不过现在也得救。一共五个人！
要救他们的是自己还是一张娃娃脸的安妮特。
她现在得对这些人负责。
最好马上跟我走，这儿很危险，安妮特
对那位先生说。这位父亲满是疑虑地看着她：
真要把自己和身边的这些人托付给这小孩儿？
安妮特站在门口，试图让自己看起来
自信满满，但那男子还是一脸怀疑地

回过了头，没接她的话，反而
问门房认不认识这位小姑娘。
才刚认识不超过五分钟的维多利亚说：
认识。这位父亲和他两个孩子
情绪激动，话音颤抖，安妮特听不懂
他们的话，因为说的是意第绪语，
讨论的大概是要不要跟她走，要的话，
谁跟她走。那位年轻的女士看起来
不太愿意，眼神在她信任的那位父亲
和这位突然闯入的姑娘间游移不定。
在要做出决定的、短短的、又不愿结束的
几分钟里，那个男孩也感觉到了安妮特的急迫。
他心里想着：这位陌生的姑娘到底是谁，
她无缘无故突然出现在这里，
或是就因为她是个人，他们也是人，
所以要救他们所有人。那位父亲不相信她，
即使听不懂，她也能感觉得到。站在他的角度，
她不会责怪他。他一定会问，这么多人
这个小姑娘要怎么把他们都藏起来，
即使她有意帮他们的话。她也确实有心
帮他们。父亲和两个孩子讨论来
讨论去。他把女儿搂在怀里，
口里不断念叨着：孩儿啊，孩儿啊。
他做不出但又不得不做出决定。最后，

他的两个孩子跟安妮特走，他自己留下，
那位年轻的妻子和男婴也留下。
或许他认为那两个孩子没有他
没有这位年轻的妻子和她的男婴
能更好地渡过难关？难道他会
把这对无依无靠的妻儿就这样留下？
或许她不仅仅是他被抓、也许
已被处决的雇员的妻子？他是不是
年纪大了、累了，不想在惊吓中
跟着这个小姑娘在这座被占领的城市
逃亡，在又一个可疑的
新洞穴中躲藏？ 在留下的三个人身后
门早已关上，他还在门后
想哭啊哭啊哭啊，而我们，
我们站在遥远的时代，就站在那里
找不到一句话一行诗，
想做的不仅仅是和他一起
站在那里哭。

三个人留在了阁楼上，
另外三个上了路向地下进发，
地下指的是地面以下，有地铁
开过。下到托尔比亚克站的台阶上，
安妮特的目光落到了一颗黄色的星星上。

像发光的目标，星星就挂在小女孩的
大衣上。应该马上就摘掉。
这两个孩子，女孩叫西蒙娜，男孩
叫丹尼尔，两个人都不想
冒险去摘，不过最后还是摘了，就这样
瞬间做了了结。德国纳粹指示其中两人
上最后一个车厢，他们没服从。
晚上八点。地铁开着。似乎一切都好。
只是安妮特的心里不畅，
恐惧和疑虑一拥而上，
加剧了焦虑。是谁跟她说
早前有突袭在即的消息是真的？谁说
这两个孩子躲在阁楼上不安全？至少
比在地铁车厢里安全吧？如果这两个孩子
因她轻率的义举被抓被处决，该怎么办？
污浊的空气中一声警报呼啸而过，
地铁停了下来，扩音器中传来
命令所有乘客下车及三十分钟后
不许在街上逗留的声音。
宵禁提前了，而这无法预料。
地铁停在了阿尔夫-科马丹站，
从这里步行三十分钟
才勉强能赶到市郊，
要到阿斯涅尔的话，

还有一倍的路程。
稍做考虑，不，
现在没时间做什么考虑，
而且也别无选择，
他们必须离开这里，
把自己交给命运：
冒被德国人发现的危险。
他们想到的其实不是德国人，但即使是，
他们也能很好地区分，有无所希求
却受苦的士兵，还有就是党卫军。
如果这些人的德意志祖先定义了
他们的精神存在，那他们是否应该
因某个德意志帝国的短暂统治
而改头换面？安妮特他们现在
也想离开，不想思考，
但说得容易，宵禁在即，
阿斯涅尔还很远。
还是半个孩子的安妮特
在夜色中领着另外两个孩子。
他们来到一座座古老的大门前，
巴黎门还有城墙，
他们不知道，这些大门
将开启的是未来还是
死亡。在这些外围的区，

一月的风吹在身上很冷，
一座座楼也很稀疏，
不过这三人走得很快，尽可能快地
走着，至少寒冷压不倒他们。
他们穿过空旷的广场、昏暗的街道，
这三个沉默的幽灵，他们想的
只有一件事、一个方向，但是
训练程度不一样：安妮特还没有
什么倦意，她数月来秘密行动，
步行着从城北到城南，从城东
到城西；这两个孩子不像一般的孩子，
没有跑和跳的练习，因为藏身的阁楼
没地方跑和跳，也没地方打闹。
安妮特急得不时向他们投以侧目，
想说几句坚定、鼓励的话，自己
却也害怕得不行，连话
也说不出来。把这两个年轻人
从他们的父亲身边带走，这到底
是不是她的职责？他们匆匆穿过
厚实黑暗的夜晚，艰难地前行，
但感觉就好像从没有离开过
原地一样。突然，
在不动声色的夜幕里
出现了一个身影，那人正骑着自行车

向他们靠近，会不会是……
确实是，是一个德国人，
他毫无顾虑地骑着车，
在市郊穿行，但他没看到他们
或是看到了也不想多想。
安妮特在心里感激这个人，
感谢他的自行车。她想起了她的父亲，
然后是小玛特，即使不问，
她也知道她可以把这一双姐弟
托付给他们，想到这她又有了
勇气。不过，她得先把这两个孩子
带到布列塔尼！他们现在正顺着
塞纳河从首都蜿蜒地向前而去。
在桥上，安妮特还在思量着，
是不是自己一个人先过去更理智，
这样可以确保一切通畅无阻，还可以
和罗兰商量一下接下来
最好的打算是什么。
或许房子已被监控。附近
有一个警察局，就跟全国别的警察局一样，
挤满了特务和各色各样的特派员，
其实就是谋杀人的帮凶，不过那里不叫谋杀，
而是"犹太事务"。她可以把这两个孩子
先带到狗的墓地，她和罗兰把给小狗小忠的

一块老坟作为安全的藏身之所来用。
但他们决定:这样不行。
她不可以把两个孩子单独留在那儿。
房子在这儿,楼梯在这儿。不要让
河上飘来的寒雾进屋。罗兰在家,
没问什么就同意了。古老大门的另一边,
或许在地下的另一边,就有一个人,
在剩下不多的时间里,几个小时或是几周,
想念着西蒙娜和丹尼尔,他挚爱的孩子们。

两个孩子应该活下去,也会活下去。
刚到阿斯涅尔,安妮特就想起第三个孩子,
那个留在小风磨路还在母亲襁褓中的婴儿。
她认为,所有那些还躲在那所房子里的人
今天都会被逮捕,包括那个婴儿。
她还想到了另一个婴儿,是的,另一个
还没有成形的婴儿,还在她的肚子里睡着。
这个就是所谓的爱情的结晶,
但是却不应该被生下来,
因为现在不是生儿育女
的时候,现在是抗战的时代,
罗兰是这么想的,她也这么想,至少
她希望自己这么想,她希望能像罗兰
那么想,去战斗,但别处也有战斗,

孩子在她肚子里战斗着,和他们共同
做出的决定对抗着。不过已做出的决定
不能收回。这或许会让人受到震动,
但震动也挽回不了什么,她已经
跟一位制造天使的女士约好了。
如果她自己不想着这事,
那我们就替她想想吧。
那天晚上,她泪流满面地
靠在罗兰的肩膀上对他说,在小风磨路
还有一个婴儿,她在男婴母亲的脸上
能看到犹豫。如果当时她再坚持,
跟那两人把他们所处的危险境地
说得更清楚些的话?她认为
自己已经做了能做的了。

留下的男婴在那一夜,
在活人的世界里仍然还有一丝生机。
多年以后,他才会知道
这一生命的丝线是安妮特
从自己头上牵到罗兰头上的。
第二天早上,罗兰就出发
再去小风磨路找那个男婴。
谁知道呢,也许突袭抓捕的人
还没到,也许还有可能

至少帮男婴和那犹豫的母亲
摆脱危险。事情如愿,他运气好,
所有人都还在:丹尼尔和西蒙娜的父亲、
那位年轻的母亲和她襁褓里的孩子。
她还会犹豫吗?还是会马上就相信罗兰?
也许罗兰会说她的母语,认识他的女朋友,
也就是说已经不再很陌生了。不管怎样,
过了一会儿,罗兰就把男婴抱在怀里
下了楼,离开了小风磨路。
次日深夜、凌晨时分,所有留下
躲在阁楼里的人都会被逮捕,
之后发生的,就是被谋杀。

其间发生了另外一件事,无论怎样的酷刑
怎样的屠戮都没法从他们身上夺走:
第一晚,当安妮特突然站在门口的时候,
那位年轻的母亲怎么也舍不得她的孩子;
安妮特放心不下也不想就那么放弃,于是
第二天一早,罗兰也出现在了阁楼门口。
就此,西蒙娜和丹尼尔的父亲明白了
穿越巴黎的行动成功了,他的孩子们
也有了希望。是什么希望呢?
也许希望的是风,是太阳,是朋友、悲伤、
雨,和所有他可能会被剥夺的事物,

是梦想、义举、激情、游戏，是整个生命。

没几分钟后，年轻的罗兰
就抱着男婴离开了小风磨路。
他把男婴带到了阿斯涅尔，然后
把他放在了安妮特的怀里。对男婴而言，
在这几小时里，她是母亲和大姐。
不过，男婴不能留在那儿。于是
罗兰把他给了那些一直以来
极尽所能解救犹太儿童的人。
男婴得救了。在这一天，
安妮特和罗兰救了一个孩子。
而另一个孩子，那个还在母亲子宫里
游动的孩子，却在同一天
失去了。什么事情都有个时间，
要孩子的时间，抗战的时间，
这两样不能同时拥有。
安妮特在这救人的一天
在她心里给自己的孩子挖了一座坟。
她把孩子渺小的生命、歪歪扭扭的样子
留给了那给天堂带去孩子的女士，因为
她不相信上帝，
也不相信天使。

这是上午发生的。下午,还没等到
那位女士把她送出门,还没好好
修养,安妮特就坐火车回家了,
回的是她父母的家。
他们将暂时收容西蒙娜和丹尼尔。
为了不让人看见,她是趁天黑后
才到的。为了安全起见,
她穿上了护士服。
所有的安全举措都没什么用,
如果时机不好的话,
而这也包括了被人告发。
被告发的人开始是察觉不到的。
她想的是对的。在她父母的眼里
没有怀疑也没有顾虑。她突然
在黑夜里出现,抱着亲吻着他们。
第二天,安妮特跟着她的父亲
到了巴黎来搞假证件和车票。
安妮特离开的那夜不长,
天一亮,就有一队党卫军
来到了阿斯涅尔,跺着脚上了楼,
就像一只多腿的怪兽
到处搜寻并找到了新猎物。
接下来发生的事情,
我们或许会称之为预兆:

就像某人在无人相信的情况下，
在著名的最后一秒，微微转动了开关，
火车就此改道。

火车改道之前是这样的：
在阿斯涅尔的一间房内藏着四个人，
西蒙娜和丹尼尔，罗兰还有安妮特，
不过安妮特那晚破例没在那儿过夜，
而是去了她父母在迪南的家。
这四个人按理会被逮捕，
不过被转动的开关在这儿：
前一天，安妮特在她躲藏的小屋附近
撞上了一位叫玛赛尔的女士。她疯疯癫癫地
从拐角处走过来，本来是要急着往前走的，
不过认出了两年前不知哪儿认识的安妮特，
于是上气不接下气地吐着词：法国，警察，
来了，来抓她父亲，她母亲，
她年幼的儿子，在邻家花园看到了
逮捕的过程，她先生，伯纳德，
要在蒙帕纳斯车站准点拦住他，
别让他带着吃的还有其他一大堆
东西回家。此刻她们两人
已经到家里了，安妮特自然是收留了
这位情绪激动的女士，隔了一天，

还收留了她之前被提醒的丈夫。
就这样，六个人躲在一间小屋里，
没人知道他们的下落。但是命运
或是被转动的开关想知道他们的去向。
新躲进来的两位在结婚四周年
纪念日那天，碰巧撞上党卫军
上门抓人，而那天安妮特不在家。
为了帮他们庆祝，罗兰之前就
借了楼下一层一位战友非法印报纸
和传单的一间屋子的钥匙，
他和两个孩子下楼去睡，
以便让这对夫妻那晚不用和其他三人
挤在一个房间。早上五点，
罗兰和两个孩子听到
党卫军踏着沉沉的脚步声上了楼，
并用力敲打这楼上的房门。
安妮特、罗兰和两个孩子不在屋里，
而这对夫妇还在床上，立刻被捕。
楼下三人趁机
跳窗逃脱，先从窗口
跳到一家影院的平顶上，
然后纵身一跃，掉进了一个院子里。
院子里有个小屋，他们在那里
躲了好几个小时。出来！出来！

他们听到从房子里传来的吼叫。
他们身上就只穿了睡衣。怎样
能离开院子而不被人察觉呢?
小屋里的一颗钉子上挂着一件罩衫,
罩衫小到只有小女孩能穿,
还有一双旧鞋,大概是罗兰
鞋子的大小。罩衫和鞋子,
说实话,也只有小女孩能穿。
罗兰帮小女孩打扮好就让她一个人
步行去城里的一个朋友家去找点
能穿的衣服。有时候,就是运气好。
这个十三岁的小女孩去了城里,拿着
一包给三人的衣物就回来了。
能在几分钟内给一个男人
和两个青春期的孩子准备好衣物的
就是那位能帮妇女断孕的女士。
之前她还帮安妮特找了身护士服
作伪装用。这位女士很年轻,
单身,没有孩子也没有丈夫,
是尽其所能及时提供帮助的这些人中
不多的一位,今天没有人还记得她的名字。

没有人知道也让人匪夷所思的是,
这对来寻求庇护的年轻夫妇

找到了安妮特，加入了他们的行列，
现在却因为诸多的机缘巧合，
在错误的时间和错误的地点，
不经意间成了自己救命恩人的恩人。

这三人终于离开了院子，又躲到了
一个同样不安全的地方。罗兰
给安妮特提了个醒。他给她的父母家
伪装了声音打电话，告诫她到巴黎后
千万不要去阿斯涅尔那所
现在被重重把守的房子，还告诉她
应该去哪儿。为了防止有人监听，
所有的地名和人名都用了暗号。
这样，安妮特和陪她去巴黎
并照顾两个孩子的父亲让
不至于掉入陷阱，
而是去新的地点
躲藏。让知道哪里可以搞到
孩子们的假证件和去雷恩的火车票。
他自己要在证件都做好前赶回迪南。
两个孩子西蒙娜和丹尼尔自己上了火车，
不过他们知道下了火车以后应该去哪。
就在火车站后面有一家小餐馆，
安妮特的父母认识餐馆的老板，

所以那里很安全。计划是安妮特的父亲
会开车去接他们。孩子们找到了
餐馆，但让没来。他们就在餐馆的后屋
坐着等，等了好几个小时，餐馆的人
有点担心了。但孩子们之前有了太多的
恐惧，现在恐惧一点儿都不剩了。
最终有人来接他们，是小玛特，
她是坐火车来的，因为不会开车。
让没来是因为他刚从巴黎回来
就被德国人叫去了。去的地方
光是名字就很吓人：司令部。
他在那儿被审讯，被问及
她女儿的去向，关于女儿
他知道些什么，最近有女儿的消息
是什么时候。德国人要找的安妮特
在记录上是瑞萌德。他们不知道
眼前的这位父亲让，其实是条
更大的鱼。也许除了小玛特以外，
谁都不知道让的真实身份，直到
德国人把这条鱼捞上来，不，
要等的时间更长，要到他死后，
他的真实身份才会浮出水面，
因为让不是那种做了些事
就喜欢到处炫耀的人。

他任职于中央情报与行动局
及其秘密机构加利亚。
该机构主要的任务是
为盟军及其轰炸兵团
刺探德军情报。他之所以
不能在巴黎逗留,不能接两个孩子,
不能去拿证件,是因为
他拿到了一件在一九四三年冬天
很难得到的东西,即禁区通行证。
禁区就是宽阔的海岸线,连当地的居民
都不允许进入。这张通行证的有效期
很短。但那天根本没有时间去进行
侦查工作,更没有时间去接两个孩子。
让被传讯到一座叫海角也就是司令部的
三层别墅,被关了数小时。
不过,这次传讯没有像担心的那样
和他的间谍活动有关,问及的是安妮特。
哦,他说,他自己都想知道女儿
在哪里在做什么! 我们到现在已经很久
没有这个孩子的消息了。她之前总会
写信,有时也会打个电话。我们很是
担心! 德国人早听过别人也有这么回答的,
所以一点儿都不信他,还用老办法
恐吓他。他表现得很平静,就像

一个善良诚实的布列塔尼人。
其实他本人也就是这么一个人。
几个德国人得到了
在当地施威的机会,最后还信了他。
或许其实也没信,不过先放他走了。
总之,他们会盯着他。

情势对藏两个犹太儿童而言
不是很理想。不过他们照做不误,
还这么考虑:最理想的地方
是人不用躲起来。小玛特把两个孩子
暂时藏到当地的农民家。等过了几天,
情势好转,德国人警惕性放低,
他们又把两个孩子接走了。
西蒙娜现在是北方来的一个亲戚,
在让和小玛特经营的运动咖啡馆
帮忙。丹尼尔的处境就危险些,
被藏在了阁楼上的一间屋子里,
只有在清晨的时候才能下来
透透风。当然要有好的运气,
不过还有一点:能闻到德军统治
快要结束的气息了。盟军
越往前推进,合作者和告密者的数量
就越少,最后时刻的抵抗者团队

就越壮大。转而加入抵抗组织的这些人
到了这个时候既不需要什么勇气
也不需要什么信念,他们就是怕
如果现在还不及时刹车回头的话,
到时等待他们的是怎样的惩罚。
没有哪个邻居告发丹尼尔
和西蒙娜。丹尼尔甚至还在
躲藏的房间里学习课程,
这要感谢学校校长,让的朋友,
他给丹尼尔送来了课本和学习进度安排。

这就是迪南的情况。这就是让和小玛特、
丹尼尔和西蒙娜的情况。这些日子里,
在巴黎的罗兰和安妮特又如何呢?
他们在党组织工作,组织上异常严格。
他们的英勇行为不仅没有受到表扬,
更没有受到奖励,反而受到了处罚,
还被下派到了别处。虽是要救人,
但是他们把自己和别人置于
危险的境地。他们自我牺牲的意愿
不过是对抵抗运动的反抗,
是对严格纪律的挑衅。
他们被派往里昂,某某会给他们新的指令。
到了里昂接头的地点,某某并没有出现,

第二天也没有出现在所谓的补约上,
也就是下一次机会
或是下一次碰头,甚至是第三次、
第四次,如果因为特殊情况
人来得太晚或是被耽搁了。到了第三天,
情况很明了:人不会来了。
巴黎的组织放了我们的鸽子。那现在怎么办?
现在他们或许应该问问自己,是不是已经
为抵抗运动做了足够多的事情。他们没这么问。
他们在里昂唯一的联系人就是这位某某,或许
这个人根本就不存在。还好,罗兰
在克莱蒙费朗还认识另外一个抵抗运动的成员。
克莱蒙费朗离里昂有一百六十公里,
罗兰去了那里找到了那个人。
这位年轻人帮他们联系上了
一个叫俗世青年战士的地下组织,
这是来自戴高乐主义圈子的
青年组织。这个组织需要人手,
里昂和克莱蒙费朗各缺一个人,
他们得分开。这怎么能行呢?
能行。对他们两人而言,还有什么
比爱情更重要的呢?在那一时刻,
他们没有那么想,而是就这么处理,
这样分开也确实可行。他们在里昂

金头公园的一棵桦木科植物下,
红千层或是千金榆,或许这棵植物
也不属于桦木科,但至少有这科
植物的魅力。在这棵树下,他们
最后一次缠绵。如果有人对植物的
根茎感兴趣的话,那么会不难发现
在自然界中植物多样的根茎结构中,
千金榆的根和心的形状相似,
所以它的根也被叫作心根。

分别的时刻,他们不会想到这一别就是永别。
谁会这么想呢?尽管他们十分清楚,
自己所做的事有多么危险。他们终日生活在
恐惧之中,就像一位驯兽师,日复一日地
和猛兽在一起,比如说和一只他熟悉的老虎,
而老虎一直都盯着他。他们早已熟悉了,
至少到现在运气都还不错。

一九四四年初夏,就在德军撤离克莱蒙费朗的
两个月前,化名叫罗兰的雷纳·朱雷斯特尔
在德利尔广场被逮捕。第二天,他所幸逃脱,
跟他一起逃脱的还有两个人,他们是自由射手
和法国游击队的成员。这三个人在克莱蒙费朗
周边火山丘上一个叫作赛维耶尔的小村

被抓。有人可能会觉得牧羊人应该
是爱安静沉思的人,但就有这么一个牧羊人
在他们去找马基组织途中暂避的一间
废弃的林间小屋看到了这三个逃亡者。
这个不放牧人类的牧羊人通知了
一个叫作 M 的农民邻居。
这个邻居把家里的男丁都叫了出来。
这些人拿着猎枪和棍子逼了过来。
他们一下子就把这三个陌生人打倒在地
并虐待他们,满足于可以肆无忌惮地
放纵自己的残忍,当其中一个年轻的
游击队员保罗·贝尔克斯还想逃跑的时候,
农民 M 的一个儿子给了他一枪,
打碎了他的手臂关节。
另一个游击队员叫雷蒙·尼古拉·斯托拉。
他们所在的奥尔西瓦勒镇的镇长
想试图改变 M 嗜血的想法,
但无济于事。就跟很多地方一样,
权力掌握在民兵手里,他们热心地
为德国战地服务组织提供帮助。
镇长反对也没有用。讲到这里,
我们至少可以打断故事,把目光投向
另一个遥远的时刻。在那个时刻,我们
可以在永恒那广阔的空间里无声地

叫他们的名字：
保罗·贝尔克斯。雷蒙·斯托拉。雷纳·朱雷斯特尔。

M这家人，他们的存在如此苍白无力，
在我们的故事里和漫长的历史长河里
只留下了M这一个字母（M来自法兰西民兵
这个词里法语民兵Milice的首字母）。
M这家人把这三个被抓之人带到了
几公里外一处静谧的地方，挨个颈部一枪
把他们都杀死，然后草草地
埋在了一条湖边。这条湖现在属于
米其林公司，用作公司职员的私人渔场。

就在同一年，也就是一九四四年，德国人
逃离法国。雷纳·朱雷斯特尔也就是罗兰
支离破碎的遗体被挖了出来。
在索尔泽勒弗鲁瓦冰冷的墓地，在多姆山链
和蒙多尔山脉的一处高地上
举行了庄严的或至少是正式的葬礼。
他瘦削而令人怜爱的身影
如今只剩下了一具可怜的空壳，
再也装不下什么。多年之后，
他的遗体还会再被挖出
又被埋下。直到一九四九年，

他的遗体才在巴黎郊区的圣旺，
在他不久前就读的让·饶勒斯中学
所在地的圣旺，最终找到了安息之地。
退伍军人事务部随后追认他为
上尉，一位为祖国而牺牲的上尉。
人们似乎忘记了，他之前被祖国
授予的唯一勋章是一颗黄星；
祖国曾剥夺了他所有的权利，多年来
一直追捕他，为的就是能把他
载到一个过渡营，然后让他乘坐祖国的列车
一直往东开向死亡。为祖国而死？
难道罗兰不是为了异于自己国家的
伟大的兄弟国家而死的吗？

德军部队撤退之后，
参与殴打与谋杀的M家庭成员
终究要承担应有的罪责。判决结果是
断头台死刑，但没有被执行，
而是改为终身监禁，最初还是劳动改造，
劳改最晚在一九六〇年废除后，
就改判成监狱服刑。
他们很可能会被提前释放，
至少这个故事里不会再谈及他们，
因为没有足够的墨水

能够描绘出他们肮脏的灵魂。

安妮特独自在里昂。罗兰已离去。
之前还能通过谁听到父母的一些消息,
但现在什么消息也没有了。
就如抵抗运动和谨慎的纪律所要求的,
她终于切断了通往过去
和未来的所有桥梁。隔离
就是指令。就像在大抵抗运动中的
一尾小鱼,她要缄默其口,
不能有熟人,也不能有知己。
如果有人试着想跟她交流,或是
问她什么,她会礼貌地回避,
表现得很忙碌,然后走开。
和她有交往的几个人,她就只认得出
他们的相貌,不知道他们的真实姓名。
她被禁止和他们交流任何组织事务
以外的信息。所以,她开始慢慢地
疏离社会。为了这个社会,她将自己
与学业、朋友、亲戚、爱的人,甚至是
自己的生活分离开,或是已经准备好了
和这些都分离开。她表现得好像和其他人
没什么两样,早上穿好衣服走出家门,
离开用这个或那个名字住过的家,

晚上回来就和下班回家一样。她表现得
就和有正常社交的人没什么两样,
但她独身一人,二十岁的她就像
活在月球上那般孤独。和奥德赛相似,
在长途旅行中,同行的人相继离世,
她与自己的背景和历史被割开。
那些日子里,和她擦肩而过的人当中,
没有人知道她的真实姓名、她的过去,
而她自己也几乎记不起这些了。
她活在自己的阴影之中。就如奥德赛,
问及她的名字,她不用欺骗而是可以
正大光明地说:"我叫无名氏。"

像被遥控似的,她走在里昂的大街上,
却不知道她所做的有什么用。
对于全国抵抗运动大棋盘上的
一个小卒子来说,下达的指令
常常让她摸不着头脑,自己做这做那
到底是为了什么。她放弃了自己的
自由意志,直到自己也有了几个
小卒子可以指挥。这到底是怎么一回事?
驱使她向前的又是什么?为什么在自己的生命
真正开始之前,她会一天天放弃
自己仅有的、唯一的生命?她自己明白吗?

知道最终做这些事是为了什么吗?
当然不缺理由:谁愿意被德国人
压迫,尤其是她自己还不是德国人?
反对奴役,争取正义,反对外部侵略。
难道这些还不是抗争的理由吗?
确实是,但这些不是全部的理由?
或者就是全部的理由?
作为影子斗士,或许她对自己和想要的生活
感到满意。如果像有些人认为的那样,
我们在自己和他人面前都扮演着
一个角色,那她扮演的一定是
已为她写好的角色,也就是说这几乎
不能说是一个角色,即使是,那也就是
她自己的。还有一点:在她的新生活里,
一切都颠倒了顺序:过去是坏事的,
如撒谎、做间谍、偷盗,现在倒是
成了好事,只是因为做这些事的
目的是好的。照此推断,目的很可能
会膨胀压制手段。她在一个未知的丛林世界
生活在恐惧和兴奋之中,丛林里处处潜藏着
猎食的猛兽和危险,一切都得靠她自己。
这是未知世界的诱惑。矛盾的是,
这种平行的冒险花时间最多的
是在等待上,在闷热拥挤的车厢里

坐数小时的长途火车，徒步或骑车
穿越数百公里，饥饿和无所事事。
在简陋的、没有暖气的屋子里过夜。
领了伦敦发过来资助的几个抵抗运动成员
往往会扮演火山上显贵的角色，
而大部分人得到的却少得可怜。
安妮特就是其中一个，她谁也不认识，
叫作无名氏，在那时还什么都不是。

在里昂，一切都变得更为复杂。
各种抵抗运动组织现在都在考虑
以后的问题，考虑解放之后
都会发生什么，并事先有所防备，
以便在可预见到的联盟组合中更好地
维护自己的利益。安妮特最终
遇到了一个党内联系人。此人
名义上为戴高乐主义圈子服务。
这个圈子就是联合抵抗运动，
包括了战斗运动、自由射手和自由运动联盟，
也就是属于南区的非共产主义的
大型抵抗运动组织。
如之前提到的：情况很复杂。
安妮特的联系人是共产主义者。
那么这个共产党人在不属于他的组织

做什么呢？他做间谍，
想招募安妮特跟他一起做事。
当然没用间谍这个词，而是说潜水艇。
她相信，党是好的，所以党要她做什么，
她就做什么。重要的
不就是要抵抗吗？而她确实一直在抵抗。
她被分配给了一个外号叫门的党员。
她必须通过这扇窄门，只有这样，
她才能在破坏了基本的组织纪律后
有希望重新获得组织的青睐。
这么做，她并不开心，不过还是做了。
她的任务是成为她圈子的代表
参与青年运动组织爱国青年联合力量，
并在那里尽快得到晋升。不被承认，
至多也只不过像一艘潜水艇，她得参与，
得睁大双眼，并一定要在会议上
好好投票，以此巩固党的地位，
就像那位正式的共产党员。和她一样，
那一位也同样参会。她服从
独立民族阵线代表提出的所有建议。
虽然当时这个党派的法语和现在的
法国政党国民联盟一样，但后者是耻辱。
一切听起来都有点奇怪，事实也如此，
但仔细想想，或许也就不奇怪了，

这一切不仅仅是权力问题,而是斗争,
是她心之向往的抵抗:当法国人很快
重新接手管理自己的国家,这个国家
将会是一个什么样子?
要争取的是一个无限公正的光明未来,
既没有纳粹,也没有资本的侵蚀,
没有废弃的工作,就像马克思
勾画的那样。她叫无名氏,
但她有一个没有人会感到惊讶的
目标,那是一个还不存在的地方,
如果存在,也还只是目标:
一种理想。
在通往这个陌生之地的路上,她常自问,
她是红色游击队的协助人员呢,
还是戴高乐主义的推销员?
工资是戴高乐那边支付的,她注意到,
钱要比共产党给得多,当然后者给的
不是什么大数目,不过没有这个钱,
像她这样的"全职工"也很难维持生活。
不管怎样,她现在拿到的钱比以前多了。
她对党的信念是如此之深,
以至于她把工资的差额也给了党,
至少在这一点上,戴高乐派在毫不知情的情况下,
给了共产党经济上的资助。

她的任务还包括和马基组织保持联系。
马基都在道路不通畅的山区，
这些游击队员如果不执行任务，
过的就是完全正常的生活，
至少和她的生活比起来，
他们的生活显得正常、满是烟火气。
山里发生了很多事情，特别是在过去的一年，
越来越多想逃离在德国被强迫做苦力的人
加入了真正对政治理想有抱负的人。
也得给所有这些人提供食物。
除了食物，游击队还缺别的物资，
而他们的对手却有大量剩余，
所以安妮特要不时地去帮着搞物资。
就像这个夜晚，有一个代号叫米路的
罗马尼亚或是保加利亚人，他的代号取自
《丁丁历险记》里小狗的名字。
是他跟着安妮特溜进了离火车站不远的
一个仓库。仓库里堆积着大量
年轻的合作者们搞来的登山靴。
他们要想进入仓库，那贝当的人一定
要在里面，这是难办的地方。
如果被人看见了，米路还有一根警棍，
不过还好，没人看见他俩进入仓库。

他们好像是来抢银行的,
事先已经把仓库的内部空间位置
都一一记住了,然后打着手电筒
径直走向一个抽屉,线人告诉他们
抽屉里有储备库的钥匙。他们要等
一个电话,这个半夜来电的意思就是
外面的人已经在等了,他们要从里面
把门打开。那个夜晚很漫长,慢慢
变得更长,特别是他们还听到了奇怪的
声响。电话终于响了,正当他们要去
开门的时候,他们意识到周围有个人,
而不是一只猫。到底是什么人?
是 一只可怜虫,也跟他们一样,
躲在暗处,准备偷贝当的人囤的鞋。
这个可怜虫半心半意地跟着贝当的人,
他偷鞋不是为了给别人,而是为了
自己赚钱。二十岁的安妮特和米路
第一次抓了个人质。从他口里,
他们获悉还有另外一个仓库,那里囤的
不是鞋子,而是暖和的毯子。
他俩给人质上了一课,而他有了这两位
好心老师的教导,竟然
从一个可怜虫变成了伟大的
"抵抗运动英雄"(安妮特的话)。

就这样，数以百计的或大或小的行动。
但安妮特大部分时间是在公路、铁轨、
小径上度过的，步行、坐火车和汽车。
感觉整个抵抗运动就好像是一场漫长
而艰巨的旅程，而安妮特他们只不过是
占领区抵抗运动中无数的小石子。
由此，我们可能又想到了奥德赛。
整个南方的各个角落都留下了她的足迹，
就像之前的巴黎和布列塔尼。
在瓦朗斯火车站，她等了好几个小时
才等到了开往里昂的火车，不过，
车上只有德国人，还有一车厢的合作者。
对死亡的恐惧猝然而至，但僵住了的她最后
还是上了车。火车站长几乎把她给抬了上去，
一边在她耳边说：这列火车至少是这两天
这条线上的最后一趟了，火车会在离开里昂后
脱轨。他通知了车上的德国人，
说的当然不是火车会脱轨，而是这个小姑娘
要去里昂做学徒。她坐在火车上就像是
一只老鼠掉进了蛇窝，车上的蛇都戴着毡帽，
穿着皮大衣。其中的一只爬行动物
走了过来，她别无他法，只能跟他交谈。
什么时候才能到里昂呢？

会不会有人会阻止她
在里昂下车? 恐惧让她感到了地狱般的
煎熬。一个德国人向他伸出了冰冷的
蛇手,想扶她下火车,她发烫的手指
接了过去。火车在开了三十多公里
过了自由城之后,按计划脱轨。
这样类似的行动叫: 车轨战。
(与此同时,法国国营铁路公司
却畅通无阻地用牛车把被驱逐的人
送往东部。)

她脑海中飞过思绪。在她新的潜水艇式
生活中,戴高乐主义者这边的组织纪律
要比共产主义者那边松懈得多。
每个共产党人只认识另外两人,而且用的
都是假名。现在不一样了。不是在熟悉的
三角形金字塔中,而是在其他地方扎堆。
虽然她不一定总是服从,
但是严格的组织纪律还是有好处的:
每个成员都更安全。现在的情况是,
有时都有十个人聚到一处。
她觉得这也太马虎大意了,就好像
她从马克思主义者的团队加入了
漫不经心者的行列。有一回,她接到指令

到里昂皮维·德·夏凡纳广场的一处公寓
和另位七人接头。他们被要求隔开时间接头
且每次只能两个人。另外，八个人里，
只有四个人知道准确的地址。在安妮特看来，
这些是最起码的预防措施。她带着
要去接头的一个年轻人来到了广场。
正午的热浪下，广场上没有一点儿动静。
她注意到树荫下的长椅上坐着几个人在看报纸。
这些人与其说是在看报纸，
不如说是在监视着一扇门。
就是安妮特和那个年轻人马上要进的那扇门。
还有，这些人看起来也不像那些
通常在中午时分在长椅上休息的老先生。
太可疑了。
鉴于这些看报人的存在，她宁愿不去按指示
接头。她拖着那年轻人，走遍广场周围的
所有小巷子，想提醒那些在她之后
来接头地点的人。他们俩谁也没找到。
还有另外两个人也有同样不祥的预感，
决定尽快离开，不去接头地点。
剩下的四个人已经在楼上的公寓里了，
看报纸的那些人把他们都逮捕了。
有一个在酷刑下死在了里昂的德国监狱
蒙吕科堡。在他之前，马克·布洛赫、

让·穆兰等人都被关押在那里。

安妮特摘着杏子。一切都能顺利进行
或不能进行。死亡、折磨、杏子。
在这之间,什么都没有。
若少了一丝警惕或是运气,那安妮特
此刻或许也会被关押在蒙吕科堡,
或是在别处受尽折磨而死。
组织上把她送到了"乡下",
听起来像是夏日清新的长假,
跟她在里昂的工作相比,也确实如此。
与此同时,相关部门正在调查
她是否与这次的逮捕行动有关。乍一看,
有人没去接头就出现了逮捕行动,
这确实可疑。一九四四年六月,安妮特被派去了
普罗旺斯。此时,其他四人却被关押在了
蒙吕科堡,盟军正登陆诺曼底,
在格拉讷河畔奥拉杜尔,党卫军代号为
帝国的坦克连屠杀了六百四十二位当地居民,
安妮特正摘着杏子。
薰衣草开了花,樱桃在孪生枝条上
摇曳着丰满的暗红。
一切都发生在同一时刻,
发生在同一个世界。这些都是可以知道的,

知道,但又不知道,因为所有的现实
都是不确定的,就像是一场梦,
难以捉摸。组织上的调查一无所获。
没过几日,安妮特在杏子天堂的工作
就要结束了。一个信使来了,
给她带来了新的指令
和一张去马赛的火车票。

她一步一步地穿越整个国家,
现在到了另一边。
在大西洋沿岸出生,
更准确地说是海峡,
现在她第一次用新的、蓝色的眼睛
望着古老的、一望无际的、蓝色的地中海。
如果这座城市没有像布列塔尼那样淋着雨,
那一定看得出来。安妮特走出车站的时候,
夜幕早已将临,和法国别的地方没有两样,
车站外挤满了令人厌恶的民兵,
他们的野心似乎都放在了如何超过
党卫军和盖世太保。根据指示,
她要去一家五金店找一个穿灰色外套的男子。
这个男子很难找,找到了,又很难听懂他说话,
因为他说一口含糊不清、令人找不着头脑的方言。
这种方言只在马赛地区比较常见,

打个比方就像是太阳下发烫的铁。
又一次开始新的生活:
新的房间、新的名字、新的街道。
这次不止这些,甚至还有新的语言。新的海洋、
新的未知的小生物,那些简单粗暴
或者说爱咬人的虫子。院里是肥皂厂。
热浪、八月、恶臭。地中海是她所认识的海
那美丽而妆化得过于浓艳的姐妹。
马赛!在这里,战争、她的战争就要步入尾声。
在这里,她将不再是无名氏。在这里,
在搬来不久后,她将从一位高大善良的
金发女郎口中获悉罗兰的死讯。
他的死和这段爱情需要数十年,而不是七年,
才能完全渗透在她的意识之中,并在那里筑巢,
之后又在某一时刻如挚爱一般
沉入逝去孩儿睡美人似的梦乡。

现在是这座城市解放前最后的日子,
得到解放的还有安妮特自己:受死亡的触动,
她又开始充实地生活,如果生活
也是亲近、参与和爱护的话。
作为邮递员或是信使,她被分配
和一个同龄二十岁的小姑娘一起工作。
小姑娘看上去非常值得信赖还很接地气,

之前也在阿尔代什省的一个村里的邮局工作
（估计也是邮递员）。这个小姑娘现在叫舍薇苔。
全球无限的互联网上说这个名字
属于十八世纪的一个贵族家庭，不过
现在这个来自塞文山脉的小姑娘
也有这个名字。在塞文地区，
舍薇苔待不下去了：跟别的地方一样，
德国人在他们的小邮局实行了
审查制度，竟然把这项任务交给了舍薇苔。
她连罗斯福、斯大林和丘吉尔都区分不开，
还去哀悼抵抗运动英雄菲利普·汉诺，
其实汉诺是个可怕的合作者，刚被全国解放运动
谋杀。跑个题：菲利普·汉诺被称为法国的戈培尔，
他憎恶犹太人、共济会人士和共产主义者，
不过他特别爱蝴蝶。他的蝴蝶标本被收藏在
德国卡尔斯鲁厄自然历史博物馆内。
回到正题，舍薇苔不能胜任这份工作，
也不想继续搞审查，
特别是战争将要结束的时候，
她这儿笨头笨脑那儿到处道歉，
这些都是能被掐脖子的事儿，
所以这会儿她加入了抵抗运动，
对她同岁的上级言听计从。
好嘞，她不是什么思想家，

好像也没那么聪明。
不过,她能站在我们今天认为
正确的一边,也并非偶然。
谁的心地纯良,又不畏首畏尾,
那么即使脑子里空空如也,
也大致不会走错方向。
不管怎样,通过舍薇苔,
安妮特又重新回到温暖的人类生活之中。
可惜,她不久就得派她坐上去土伦的
第一趟列车。她要去那里的一家洗衣房
送一个包裹。舍薇苔没去土伦。后来才知道,
她去了阿维尼翁。怎么回事儿呢?那天,
只有一列火车,最早的一趟也是最后的一趟,
而这一列开往阿维尼翁。神奇的是,
舍薇苔找到了阿维尼翁那家洗衣房
所在的那条路,洗衣房其实在土伦,
或许是两条路重名或是名字相似,
且都有家洗衣房或是正在熨衣服的女士。
她把包裹给了这位女士,后者还给了她东西吃。
这就是舍薇苔。十年后,她蓄了胡子
在非洲的一所麻风病医院做修女。

不过这之前还必须有别的事情发生:
六月在诺曼底登陆后,盟军就在

一九四四年八月十五和十六日对南方阵线
发起了进攻。成千上万的士兵
撑着降落伞慢悠悠得像在睡梦中似的
落在了海岸上,就如同蚂蚱的祝福,
这正是这儿的大多数人迫切等待的。
数以千计的船只在圣拉斐尔
和博尔姆莱米莫萨之间逼近海岸。
数十万士兵涌上岸来,其中一半
归属于戴高乐军团,想来
应该都是法国人,但其实绝大多数
是阿尔及利亚人和摩洛哥人、
塞内加尔人、留尼汪岛人,
换句话说,是被殖民的人,
而绝非法国公民。这一事实
对法国历史意义重大,但对于安妮特,
可能意义更大。这以后再说。
还有一点:许多参与这一次世界大战的
非法国籍法国士兵死在了监狱,
其中一些干脆被直接杀害,
因为相对于法国人,
这些人对于德国人而言,
就更不是什么法国人了。

现在是马赛。八月二十、二十一日,

法国军团从外围进攻，而抵抗运动
则从内部同时攻击德国军团。
全国大罢工。起义发动。
德军及其领导人不愿就这样轻易屈服，
尽管或是正因为他们已四面楚歌。
战斗在继续。卡斯特拉内广场上矗立着
一尊用卡拉拉大理石塑造的象征法国的
玛丽安娜雕像。在法语里所有的广场都是阴性的。
就在这个广场上，有个陌生人递给了安妮特
一把手枪。有了手枪，什么时候都可以射击，
但不一定要射杀或是击中任何人。
首先，杀人的必要性更多的
是理论层面上的。
第二，她不会射击。
第三，手枪里只有两颗子弹。
抵抗运动在城里没有上千名战士，
他们也没有很好的武器，
但他们有远大的目标和坚定的决心。
八月二十一日，省会已经闪烁着红白蓝色的光，
但战争还在继续，德军还没有撤退。
凭借着一位有着长长的名字的将军
约瑟夫·德·瓜拉斯·德·蒙萨贝尔
（只是作对比：德军由中将汉斯·谢弗指挥）
特别是他麾下的

阿尔及利亚步兵、摩洛哥小分队
和塞内加尔的游击队，德军
才最终被击退。带着感激、
钦佩，还有别的都说不出名字
的东西，安妮特注视着
穿着细长条纹结拉巴长袍的
柏柏尔人从她身旁走过。
这长袍不是制服，而是每件都不一样。
她看着从远方阿特拉斯中高山区
下来的男子，他们穿越地中海，
为的是把侵略者从他们严防死守的
最后堡垒圣母加德大教堂赶出来。
八月二十八日，德军最终投降。

战争结束，至少在土伦和马赛结束了。
但和平却是另一回事。现在，
法国人之间的战争爆发了。这些年来，
有谁主动与德军合作，甚至获利？又有谁
冒过掉脑袋的危险？某些抵抗运动的成员
有着自己的方法。即使还在占领期间，
合作者被清算的情况也不少见，不过，
现在要真正清算了。与此同时，其余的人
也感到有权力跟叛徒们合作者们算账了，
还施以私刑，所以地窖和阁楼里，

就跟之前一样，到处都是躲藏的人。
安妮特还过着她潜水艇式的生活，
但绝不是一种地窖式的存在。
许多其他潜水艇共产主义代表参加的
抵抗运动青年运动总会选举她为
罗纳河口省肃清委员会的代表。
她二十岁（还只有二十岁！要一直到十月底。），
已是一位妇女了，但看起来
还像是一个小姑娘。她要和其他六个人
一起开展肃清行动。这几个人都比她
年纪大，且男性居多。肃清的根据
不像以前按种族来，而是按照
普遍的道德规范。简单说来，
就是把合作者和非合作者分开。
实际上，委员会的主要目的
是保护人民不受迫害，因为有些人
把社会的混乱看成一个极好的机会，
借此把妻子的情人、商业对手或其他
不喜欢的人都毫无理由地清除掉。
被占期间和解放后不久，
约有八千人遭到了迅速清算。
法庭定罪处决的都不超过八百人。
安妮特和她的委员会试图阻止
所谓的野蛮清洗、伪装暗杀

以及私人复仇行为变得泛滥。
他们要做的是判定哪些脸色苍白的
地窖里的人要去法庭受审,
哪些不需要。首要的难处在于
识别哪些只是所谓的合作者,
哪些才是真正的合作者,
并把后者从一个地窖安置到
另一个地窖,也就是省里的地窖,
在那里他们暂时是安全的。
第二个问题:
哪些传言是真的?究竟什么
才是合作?举个她正在处理的案子。
一个果酱制造商,他为了能得到
酿制精致果酱要用的糖而和德国人
搞好关系,那这算什么呢?
虽然不太好,但也不至于受处罚。
这案子其实跟他无关,而是跟他儿子
有关。他儿子跟德国军官的关系
也极好,只是他要的糖有点不一样:
他对这些威武的金发野兽感兴趣。
这用在妇女身上叫横向合作。
这父子俩同时出现在了安妮特的
小法庭上。直到现在还一直恳求
放过他可怜的孩子的这位父亲,

大概和安妮特同时明白了
这到底是怎么回事。
他抬着头,迈着大步
气汹汹地跨出了大厅。
儿子是纳粹或是合作者,
这倒还没什么,怎么会是个兔儿爷!
(引用的话来自安妮特
在果酱先生脸上读到的想法。)

委员会的成员组成对子:一个扮演公诉人,
一个是辩护人。安妮特严格审查每一份文件,
让证人出庭作证,仔细询问调查背景。
她做这些事情特别地认真负责,因为她知道
自己的年龄,特别是性别都对她不利。
在抵抗运动期间,情况正好相反,
尤其是她看起来比真实年龄更年轻,
好像只有十六七岁,
没有哪个党卫军军官或是盖世太保
有足够的想象力能猜到
小姑娘这可爱的圆脸背后
竟然是一个多么危险的罪犯。
除了少数例外,地下组织委托
给妇女的任务跟生活中的差不多,
都是顺从性质的。她们拥有的权利可以是

被逮捕、被射杀、被驱逐。
似乎也是一种平等。她最终
不需要这种平等,而后者也不需要她。
现在她坐在意见多声音大的男人们
之间,自然会加倍工作,更认真负责,
以弥补她还不会做的事情,还有她
毫无震慑力的一米六的个子。九月十五日,
她在任还不到十四天,有个人到了马赛,
此人不仅个头比她高,还比所有人都高大,
当然高大不是只指身高,还指别的方面。
说的是戴高乐将军,戴高乐法语字面意思是高卢,
也是说来自高卢的将军。高卢在维钦托利的统治下
属于法国,名字听起来像是造出来的,不过
确实是他的父姓,和他的职位也很相称。
此人爱国主义的振音已通过英国广播公司
在大家的耳朵里响了四年。现在,那回响
振音的巨大身躯也来到了这里。
按照接待仪式,这个七人委员会要在
省委办公厅的一个大厅站好,等戴高乐
发表完讲话、视察完部队,然后
在大厅检查他们的文职工作。
在戴高乐的新高卢,活动有所延误。
平民在等待。到了某一时刻,
门开了,一群男子簇拥着雕像般的

戴高乐进入了大厅。他高大的身躯很僵硬，
好像是被周围的人扛着进来的。两米的
大高个还顶了个帽子，说帽子是因为
要表示尊重，其实这顶"戴高帽"很好笑。
安妮特满怀期望地望着这个巨人。
他身旁站着雷蒙德·奥布拉克，
后者曾被克劳斯·巴比的人抓获，但靠着他英勇的
妻子露西的努力得以逃脱。奥布拉克和其他人
看起来都显得个头很小。
她希望能被介绍给那个高个的将军。
将军只是在远处左点一下头右点一下头，
然后和他的卫星们消失在地平线上。
从她潜水艇的位置，她看着他迈着大步，
法国却拖着步子左右不前，阶级斗争不断，
她把这个高大虔诚的资产阶级人士神化了
或是对他恭敬又有好感，
当然是暗地里，她不会在同事
或同志们面前表现出来，
或许在她自己面前她也不会。
他们没有被邀请共进午餐。
安妮特的原话：
"我刚瞥见他一眼，
他就转身离去了，
在一片压抑的沉默里，

就好像面临着一场灾难。"

自从安妮特不再是无名氏
而是有名有分的人物后,
以前属于她的都一天天
回到了她的身边。柔软、
清爽的海风,她与生俱来的
另一片海,圣雅屈的尖尖的
岬角,蛤蜊里面甜甜的、紧致的肉。
所有这一切,还有很多很多,
整个短短的童年永远在持续着,
但却又早已结束,尽管她还只有二十岁。
突然,这些人又浮现在她的脑海里:
父亲让、外祖母、母亲小玛特。
他们过得怎样? 还活着吗? 有炸弹掉落
在布列塔尼。抢夺圣马洛的斗争还在继续。
她父亲之前就处于危险的境地。被救的人,
他们还安全吗? 好几个月,或许是好多年,
她这个无名氏都没有去想什么人。
而现在被遗忘的又卷土重来。
高卢巨人的一位随行人员以父亲的口吻
对她说: 哦,认错人了。既然他现在在这儿,
或许他知道情况,可以问他:
有没有什么办法让她在迪南的父母知道

她还活着？他从本子里撕了张纸给她，
她在纸上草草地写了几个字：我很好，
在马赛，你们怎么样？几个月后，消息
还真传到了迪南。那时，人们其实
早已知道想知道的事了，主要通过
巨人或是他的随行所谓的办公厅，也就是
类似于上帝之家的管事，或是革命前的帝府。
她有很长时间都没有收到父母的消息。
但几周后，她看到了迪南被轰炸的
逝者名单。上面没有他们的名字。

巴黎和马赛早已举行了
招待会和阅兵式，委员会
也在忙着肃清行动，但欧洲各地
还在战斗。安妮特很忙，
清空地窖的行动进展缓慢，
区分真的、假的、恶劣的和
不那么恶劣的合作者的任务越重要，
她就越想着做另外一件事，具体来说
就是战斗，是的，去战斗，现在就去，
马上行动，要在战斗结束或为时已晚之前就去。
她不想再骑车、等待、离开、组织、运输、
分辨，不，她要像一个真正的斗士那样
手里拿着武器去战斗。前面提到过，

她身高不过一米六,体重大概也就
五十公斤,那又怎样?打仗不再是
长枪相见,操作斯特恩式轻机枪
或是冲锋枪估计也不会难到哪里去。
她要去战斗! 一定要去! 都不再
去想别的什么事了。特别是
新成立的马基部队要在洛林行动。
经过一番坚持,她终于被允许
先去做体检。一位胡子又粗又硬的
科西嘉医生轻轻看了一眼就说:
太瘦小了。我们不需要。现在只有
愤怒了。那么多的危险、努力、
挨饿的日子、痛苦都付之东流。或许
她永远都不会被真正好好地对待。她想战斗,
一定要去,同时,她又想号啕大哭,
像战士们那样,投入父母的怀抱。
这件事她没有告诉任何人。她脑海中
又出现了陈大儿的形象,那个来自上海的
共产党员,马尔罗小说的主人公。
小说里,亲莫斯科的某个官员命令他
交出武器。他走了六天才赶到一座叫
汉口的大城市来接下达的命令。现在
这座大城市只不过是一座更大的城市的
一个区而已。不用多说。陈大儿并没有

执行这顽固的官员的命令。之后他就死了，
他的死是不可避免的，是自我渴望的。
安妮特心里也有陈大儿的这种想法，
牺牲自己，愿意赴死，
反抗那些不让她死去的东西。有多少人
在自己还不想死的情况下就英年早逝？
安妮特会活得很久，很久很久，她会
带着为别人而活或死的
这股子劲慢慢变老。

她不知道或是很难知道的是，
她迫切想参加的这个新建的旅
是由伯杰上校领导的。
伯杰是个化名，背后不是别人，
而是后来才参与抵抗运动的
马尔罗中校。这无疑会给她的
愤怒火上浇油。
你们不要我献身？她没有就此灰心丧气。
一九四四年十一月，肃清委员会解散，
组织上把她派到巴黎解雇了她，
但她又找到了新的希望。著名的
法安比上校，也就是皮埃尔·乔治，
他和马尔罗一样在西班牙战斗过，
他能用得上她吗？他不是和阿尔伯特·奥祖利亚斯

一起领导了青年战斗连吗？连里的战士都还不到
二十岁。她忘了，这些战士不是青年男子就是男孩。
她没有忘记的，也是激励她又让她害怕的是，
连里的大多数人在一九四二年的春天被捕，
并在瓦勒里安堡或其他地方被处决。还有罗兰，
她的男友罗兰也死了。她也会死。
但人的生存条件在最好的情况下
也包括了一种自由，那就是自己决定
什么时候还有为什么而死。
她要按自己的意志去死。

党里给了她在巴黎的一份新工作，
通过党内的《法兰西之女》杂志
来教育新一代有选举权利的女性，
教她们如何在缺这缺那的情况下做饭，
或是怎么用有洞的旧毛衣织出一副新手套。
妇女杂志？我们不是以平等为目标吗？
当她提出这项重要的工作是多余的时候，
党内认为她反对共产主义。

自从她从无名氏的世界逃离出来，
一直在慢慢酝酿的事情终于爆发了。
长期以来，孤独、恐惧和疲惫
是她唯有的伴侣。

她不能再这样下去了。

她去蒙索公园想安静安静,

却感觉到了一种从未有过的焦虑。

她数月一小步一小步踏遍这座大城市的

每一个角落和周边的每一个区域,

没有人,没有一个人对她有丝毫的关心,

没有人问过她过得怎样,

什么都没有,没有人,一片空虚。

当她还在做一些自己希望

是有意义的事情,她还可以忍耐。

而现在?她的周围,蒙索公园的周围,

有的只是沉默着的、庄严的别墅。

奥尔良公爵把蒙索公园构想成

半中半英的"幻境",一种十八世纪的

幻想世界,有着宝塔、金字塔和废墟。

就像今天我们的牛仔裤被故意做旧一样,

这些做旧的建筑显得很假。

她想着的不是幻境,也不是我们,

是她的家乡,而现在那里的一切

正在像废墟一样崩塌。

她每天都会在卢泰西亚酒店度过好几个小时。

不久前,这里还是德国党卫军

和国防军的指挥部。现在,被解放的集中营

和监狱里的受饥受饿的人们不断涌到这里，
挣扎着要活下去。
罗兰已死。但谁又能知道是真是假呢？她心中
一片困惑。那漂亮的金发女郎有没有
可能搞错了？对她和很多人来说，
卢泰西亚酒店现在是他们最后的希望。
在水晶吊灯下，活生生的骷髅
在宽敞又富丽堂皇的装饰艺术风格的门厅摇曳，
或是摇到更远的、无法触及的美好时光
或是美好年代。很多家属像安妮特一样
白白地来了又走了。他们等待着，一天
又一天地看着一张张脸，但在眼窝深处
无法看到的，甚至无法猜测到的，
没有意义也没有名字。

沉默。

沉默。

沉默。

而重逢已不再是满怀期望的等待。
蒙索公园的所有废墟压抑着她
让她喘不过气来。她孤独无助，

身心疲惫,她走上了回家乡
迪南的路。路途很漫长,
越来越长,因为不是走向死亡,
而是重回到出生。不知何时,
进入了一种荒芜,一片废墟的场景,
不过废墟并非人造。一切宗教事宜
都会回避、不信任何神的她一动不动
左一眼右一眼地看教堂的遗迹,
仿佛有人把她的大腿砍下了,她动弹不得。
村庄在雨里静静的。
像被砸碎的工厂。多次的停顿、
调整,从花岗岩
高架桥上,她从令人眩晕的距离,
就像从另一颗星星上,俯视着
她的童年,就好像她已经是位老者,
虽然这还要等到下一个世纪。而现在
却是一种别样的停顿,不是吃惊害怕,
而是片刻间的回头。家越来越近了,
她在黑暗中步行,在灯笼的光柱下,
她看到了一个穿高尔夫球裤的骑车人的身影,
还有长格子袜子,而这些都是她父亲让的。
(他像丁丁一样穿高尔夫球裤,就是
《丁丁历险记》里那个丁丁。他没打过高尔夫,
穿这样的裤子是因为骑车方便。)

我们再回过头来，安妮特在走了长长的弯路后
终于回到了家，没有什么米路认得她，
不过外祖母和小玛特还认得她。

德国人终于被打败了。
再也没有战争的任何迹象了。
在此期间，党内关心更多的是影响力
和宣传攻势。安妮特虽没什么兴趣，
却也重新捡起了还没开始多久的医科学习。
她在学习。很多东西都得用心学，
就和以前一样，只不过现在要记的
不再是假名、街角、时间、识别标志，
而是淋巴腺、血管、神经、骨骼。
她不开心。很想念罗兰。她慢慢发现
她还想念着过去的那个自己。她确实
不再是无名氏了，但还不是
她自己想当然认为的什么人物。
在她的脑海中，有些东西
已经不再是从前的样子了。
她有时会惊讶地问自己，还要不要
在这可疑的中间地带毫无着落地
飘来荡去。她学了又学，
却不知道自己都在做什么。
接下来，她收到了一封信。

是马赛的罗伯特。嗯，她还记得他。
一个有艺术倾向、在抵抗运动中
仍能保持温柔的年轻人。信上写的什么?
信上说，他要去中南半岛，那儿有个职位，
他爱安妮特，希望她能嫁给他。愿意。
她说愿意。爱情结束了，那是和罗兰。
婚姻有可能，为什么不呢? 和像他这么
好又温柔的人在一起。最重要的是中南半岛。
那里，她可以继续，终于可以
再战斗了! 对她而言，这是另一场同样的战争，
那里有侵略和压迫，这次是以法国的名义，
是以她安妮特自己的名义。
还是同一个将军，和戴高乐一起抵抗德军的
让·德·拉特尔·德·塔西尼，又是一个名字长长的
将军。还是同一个将军，他的非洲士兵
解放了马赛和土伦，而现在，他们要与
当地的越南人作战，法国人
把这些越南人叫安南人。这些将军们
似乎认为侵占他国领土是合法的，只要
他们自己是侵略者就行。几天后，
安妮特到了马赛。几周后，她成了新娘。
不久之后就离了婚。不过离婚
还需要更长的时间。
婚姻、中南半岛、战斗，再见啦!

发生了什么事?情况是这样的:
罗伯特得到的那个职位是公职。
而这个国家要在远东与独立运动
和共产主义者斗争。这个国家拒绝
送一个共产主义者过去。
所以罗伯特同时失去了新娘和工作。
过了几周的婚姻生活,她再也无法忍受
和他在一起了,尽管他很温柔,
但她知道,吸引她的最终是不温柔的
越南独立同盟会。她要一个不是罗兰
又不是共产党的丈夫做什么?

因为这次的闪婚,她现在又回到了马赛。
她还没有离开党的幻想之境,
不过有时已经踩到了边界线上了。
比如说,少有的天气不好的某一天,
一位共产党的官员来找她,他知道
她曾做过地下、水下工作,
要求她潜入他怀疑的B家
并监视他们。B家被人指责为
与众不同。他们的行为也确实糟糕:
B这个人留着胡子,抽着哈瓦那雪茄,
那时的哈瓦那还不是共产主义政权。
B家里有个普浦。这到底是不是一个五十来岁男人的名字呢? 还有柯荔荔。

这个名字是不是个玩笑?

这位夫人一直去发廊

还去修指甲。他俩为什么能住上

别墅呢? 他们确实慷慨大方。

不过, 他们的钱从哪里来?

他们也是共产主义者? 父亲普浦

和他两个儿子中的一个做香蕉生意。

到这里还没什么问题。不过他把香蕉

卖给德国人! 有人还说 B 家不可疑?

安妮特没办法: 她喜欢这一家人。

她无家可归的时候, 不就是他们

给安排的住处吗? 而现在她要监视他们?

她想到了她的父亲让

和他的格言: 在党的队伍里,

总有一半人忙着监视另一半人。

现在轮到她加入监视的那一半了。

她想到了自己过去监视过的人,

但他们都不是共产党党员。

她那时就对监视这回事半懂不懂,

即使当时她参与的间谍行为

在她自己眼中也没显得有多么光荣。

而现在要她监视待人友善的 B 一家?

现年二十一岁的安妮特, 在她的身上,

和在所有其他人身上一样，都住着
许多灵魂或人，在她的身上
有两个特定的人：
一个是安妮特，让和小玛特的女儿，
她在生命中要做出决定的时刻，不会
迟疑，不会去想该做什么，不会
先去思考什么是对的。她靠的
是自己的直觉。这种直觉不是
继承的就是从哪儿移植过来的。
不过还有另一个安妮特，一名
共产主义者。作为党员，她也不需要
多加思索。她服从的是外部的指令，
而不是自己内心所想的。
她在抵抗运动中学会了
去完成那些一定要完成的、或与生存
休戚相关的事情，虽然服从命令
绝不是她最喜欢的。她会掏空
自己内心的想法，做一个无名氏，
更好、更虔诚地完成党交给的任务。
缺一个立足点支撑，那党会给一个，
党勾画了一个充满凝聚力、光辉灿烂的
未来。所以在监视 B 一家的问题上，
第二个安妮特占了上风，她会执行
这个任务。她对监视同志的任务

确实感到不舒服,但和德国人
做香蕉生意,难道就不惹人怀疑吗?
战斗虽然结束了,但新的战线
也已经拉开:现在的德国搞的是
美帝国主义。谁跟凑在美国佬身边的人
做生意,或许不再和法西斯主义者
有瓜葛,但却是在和资本主义者同谋
共事,在党的眼里也没什么两样。
要进入B家的客厅,安妮特去勾引了
小儿子皮埃尔,虽然她感到有点恶心,
但扮演一会儿交际花玛塔·哈里也是
很有意思的。一旦进入恶人的巢穴,
事情就变得很滑稽:优雅的母亲柯荔荔
不时高歌《茶花女》中的咏叹调,而皮埃尔
则在钢琴上狂热地伴奏;他的哥哥克劳德
则教给安妮特特殊的柔道动作,她之后
或许还用得着。克劳德的小儿子也会
发出让人热血沸腾的咏叹调般的尖叫。
看起来像叛徒吗? 她还得到了更多的信息:
普浦原是奥弗涅省的一名贫穷的煤商,
他想有个不一定光辉灿烂,
但也不至于漆黑如煤的未来,
于是到了巴黎,又去了伦敦。
在伦敦,他遇见了柯荔荔,

确切地说,是在一个酒吧先结识了她的
哥哥。柯荔荔就此和香蕉一起
成了他的未来。那这些都有什么问题呢?
安妮特认真地又半心半意地深入到
B家的进出口生意里。但除了认定
这是幸福的一家子,并没有发现
任何有用的信息。领导们不依不饶:
他们是叛徒,是阶级敌人!
两难的境地使安妮特终于受不了了,
她把一切向普浦和盘托出。
她感到羞耻至极!她哭了。
普浦重新点燃了已熄了火的
雪茄。哎呀,别哭,他试着安慰她。
他所经历的和现在大相径庭。西班牙内战时
他运送过武器。一九三九年苏联大姐和
魔鬼签订了合约,他对党有了怨气。
还是共产主义者,只不过少了别的
立足点支撑,也少了著作理念
和他内心理想所撑起的框架。
有人要置他于死地。就是这样。
他坐在那里,肩膀随着深呼吸一起一伏。

又学到了东西。耻辱是一位最好的老师。
之后又是种种幻想的破灭。

这其实有点像所谓的爱情：
用眼睛能清楚看到的
却没能看到。梦想中的人、
理想的目标、遥远的未来
有时比现实中的人更加真实！
二十三岁的安妮特第二次结婚。
这一次好像一切都很般配。
乔，也就是乔瑟夫·罗杰的昵称，
他是共产党员。作为达科特指挥官，
他还在一九四四年八月解放了巴黎，
当然，不是他一个人。
在共和广场上矗立着一尊象征法国的
青铜制玛丽安娜像。广场上还驻扎着
整个首都最臭名昭著的尤金亲王兵团。
乔带领他的部下把大约五百名德军战士
逼回军营，让他们掉入陷阱。
他的部下也伤亡惨重。
乔不仅是共产党员和抵抗运动战士，
还和安妮特一样，都从事医学工作。
如果婚姻不仅仅是激情，
还是两个相互理解、善于思考的人的联盟，
那么他们两人的条件非常般配。
还有就是她怀孕了。乔是朋友、同志、
情人、英雄。再多还想要什么呢？

她现在想要一个真正的丈夫,
而这个人就是乔。

他们两人的幻想一起破灭了。有什么可以
安慰的吗？我们这里说的是对人性的幻想,
而不是什么对婚姻的幻想。和成千上万的人一样,
他们也感到了幻想的破灭。在这条幻想破灭的
道路上，有的人比别人走得快一点，有的人
稍稍落后一些。处在中间的安妮特和乔,
他们在一九五六年正式出局。

乔和她的爱情故事
以及他们程度相当的友情
都和另一段历史缠绕在一起，
密不可分，那就是党的历史。
他们两人想要继续去相信，又一起
放弃了。开始是不是已经是
结束？对党信念的丧失或许
也预示着她爱情的凋零。

她是医生、神经生理学家,
期间还有了两个儿子。
她在马赛的一家诊所工作,
不过她把大把的时间都花在其他地方

其他事情上。交流也好,辩论也好,
但对她来说政治是行动。说得好!
思考是男人们的事。到现在还是。
即使是医生还有博士头衔,
和别的异见者聚会,还是男人们坐在那
不停地讨论,而旁边的女人们
早已折好了上千张传单,
还把信封标签都贴好了。安妮特
脑子快嘴巴巧,需要实际的行动。
没有行动和实践,那理论对她而言
没什么意义。只说不做就像是
一个真正的基督徒只祈祷,
但不去和任何人分享,不去帮助别人。
说到与人分享、乐于助人,这两样
对安妮特而言,与其说是一种指令,
还不如说是一种本能或条件反射,
也就是她不用去多想,也不会去多想。
请别告诉她:她做什么都不需要
什么意志,其实跟那些真正的
基督徒也没什么大的分别。
在这一点上,与其说是一点,还不如
说是广义上的好客和乐善好施。
她的这些品德我们之后再说。

自从结婚之后，她还和以前一样生活，
但和以前又似乎不太一样。她不再是
一个人了，不再贫穷。确实，
区别很大。他们现在加入了中产阶级的
行列，那是自然，只要稍微一回头，
就是医生先生、医生夫人。他们住的
房子大到她自己有时都会迷路。
房子以前是拿破仑的一个妹妹的，
至少传言是这么说的，现在房子
是安妮特公公婆婆的。乔的父亲
也是名医生，在整个马赛都很有名气，
他非常喜欢这位新媳妇。
怎么说她还是和以前一样呢？
这么说吧，她还是和以前一样
平等待人，当然会考虑到友情关系
和同情心稍微有所区别对待，
但绝不会对一个恭敬，
而对另一个不礼貌。比如说，
对主任医师和护士，对公公婆婆
和有时住他们家照顾孩子的
那对夫妻，她都平等对待。

这么说吧，她住的地方还像
以前一样，向所有需要食宿的人

敞开大门。她的言谈举止还像以前
简单随和，这或许和外祖母有关。
外祖母即使人不在她身边了，
但还会一直在她身后看着她，
不离开她的左右。

既然说到人不在了而精神还在，
就得提一下，不久之后她的父亲让也去世了，
留下小玛特自己一个人料理
在迪南的生意。安妮特有时会去看她。
某个周六，她开车路过一个小山坡。
山坡有些孤独，山坡有时就是这样的。
她看到了两个人，他们的车坏了。
如果不停车问问她能不能帮上忙，
那安妮特就不是安妮特了。这回，她
确实能帮上。周六中午，修车的
地方都没开门。
这两人需要个住宿的地方。
安妮特很乐于解决这个事。
事情很简单：只要认识安妮特，
就有地方住。正当她准备
带着这一对德国人回家的时候，
她听到那男的对他的妻子
活灵活现又不无自豪地用德语

说着什么,还指了指窗外。
安妮特看了看他,他又把刚说的
又用德语说了一遍:
就在那儿,在谷仓边,
打仗的时候,我抓了两个人。
安妮特听得懂德语,马上刹了车,
把两人赶下车,又往前开。
真是笨蛋!
被他抓去的人自然是抵抗运动成员,
可以是她自己或是她的男友罗兰。
她往前开了几百米,接着开了回去,
又把两人接上车。一路上,和他们
没说一句话,然后在一家宾馆门口
把两人放下。这两人直到今天也许
还不能理解,这个法国人怎么反应
那么奇怪。如果谁还要什么解释的话,
那解释也就太没必要了。
她不会去解释。

她的新生活是那么美好。
两个孩子是她的最爱,也给她带来
很多快乐。她丈夫也不错,婚姻也不差,
当然总会有所谓的起起落落。
婚姻也常会如此。她对工作

也很感兴趣,即使她梦想的工作
是别的,但那会是什么工作呢?
冒险家? 颠覆人? 壁垒战士?
能想到的工作,不是男性职业,
就是根本不是什么职业。五十年代
中期,安妮特三十出头,是个
人物了,她对自己的生活很满意,
会想这样继续生活下去,至少中间
不出什么事的话,而这样的事,
她或许不知道,但可能确实
是她真心希望的。或许不是这样,
而是反过来: 婚姻和家庭生活
还有医生的工作是她幸福的全部,
她从中获得温暖和满足。她活得很好。
要发生的事件和要进入历史的
事件,就这样极不是时候地
闯入了她家庭和事业双双幸福的
世界。是的。就是有可能这样。
事实是,我们可能对真相
毫不知情,但有理由去想象
矛盾和它的两个方面。

那到底是什么事件呢? 四十多年后,
也就是在一九九九年,才有了正式的名字:

战争。在那之前,说的都是事件,
确切来说,是阿尔及利亚事件,
这似乎有点奇怪,
因为事件涉及整个法国,
因为阿尔及利亚不是殖民地或保护国,
而是彻头彻尾的法国,
并由三个省组成,
就像是罗讷河口省、滨海塞纳省、
默尔特摩泽尔省等这样的省。
(我们这里说的是阿尔及利亚那一小部分
非沙漠地区。沙漠地区也属于法国,
但受军方管辖。)
就是在一九五四年,"事件"开始了。
这三个省的居民十有八九
都会问,他们根本就不是法国人,
但为什么事实上是在法国生活?
在阿尔及利亚的法国人自然是法国人,
就是之前什么时候移民过去的,
或是祖先来自欧洲国家到这里定居的。
非法国人,也就是那些基本没有
选举权利的人,包括了所有其他人,
也就是所谓的原住民。从根本上讲,
百分之九十的阿尔及利亚人
跟一七八九年西哀士以百分之九十以上

法国人的名义提出的问题是一样的:
"第三等级是什么? 是一切。
在政治秩序中的地位是什么? 什么都不是。
要求的是什么? 是获得某种地位。"
这就是全部。
被剥夺了所有肥沃的土地,
因没有工业而没有工作,举个例子,
这些说法语的非法国人集中居住在
楠泰尔的贫民窟,不是郊区,
而是棚户区。这些定居点的房子
不是用石头建造的,而是用
波纹铁皮、油毡、木头搭起的
低矮的棚屋。那里疾病肆虐,
儿童不断被生下来,又不断死去。
而在阿尔及尔和奥兰的市中心,
法国人优雅地进出电影院,开着
跑车,坐在酒吧的露台上,面前
放着乳黄色的茴香饮料,仿佛
到了欧洲的大城市。自一九八三年以来,
法国自认为一直在阿尔及利亚
完成一项文明的使命(你好,托克维尔)。
一百多年后,日尔曼·蒂利翁只教会了
一百个男子中的六个和一百个女子中的
两个读书写字,并让他们不要行使

自己应有的原则和权利,即自由、平等、博爱。

到了一九五四年。第一次印度支那战争
还未收尾,法国(没有安妮特的帮助)
刚失去了一块殖民地,
却已在别处发动"事件"了。
事实上,"事件"早在之前就已开始。
一九四五年,在塞提夫和卡拜尔,
发生了一场游行,一次起义,上千人丧命,
其中有一百个法国人。一切总是很早以前
就已开始。曾在一九四四年参与抗战并牺牲的
阿尔及利亚狙击手或士兵,也就是安妮特
在马赛看到的行军队伍,这些人被征召入伍,
尽管他们并非法国公民。他们必须
服役两年,而不是像法国人那样
服役十个月,还有,他们的服役工资更低。
越往回看,情况就越糟糕:
就是一九三六年的人民阵线也没能改善,
而在一九五四年时任外交部部长的
皮埃尔·孟戴斯-弗朗斯和时任内政部长的
弗朗索瓦·密特朗也绝没有倡议
提出阿尔及利亚独立。

一九五四年,安妮特到了阿尔及利亚,

不是去抗战,而是去度假! 去看朋友。
知道她也会享受夏天,去哪里度假,
我们当然也就松了口气。
是有朋友邀请她去的,
他们在阿尔及尔的腹地
经营着一个橘子农场。
世界变得就是这么快:
外祖母也没有这个农场上的工人赚得多,
至少这里没有什么工头。外孙女
在另一个世界实现了飞跃。作为医生,
和她交往的多半是医生、律师、教授
和进步的农场主。她的农场主朋友们
被叫作"黑脚",也是后来才这么叫的,
不过听起来既神秘又有点诡异。
"黑脚"指的是在阿尔及利亚生活的法国人。
他们把当地人看作自己的兄弟,
而这些原住民只需要上点儿学就能
拥有和他们一样的平等公民权利,
而不用再做仆役低人一等,不再有
工头、地主管事这些不把他们看成是
兄弟的人。朋友们还没有意识到
"事件"即将来临,而安妮特
却已感觉到了,这似乎早就能在空气中
嗅到了。现在空气中弥漫的还是

无花果、天竺葵和甜橙的香气,
对于不想嗅到别的气味的人来说,
这馥郁的香气遮住了一触即发的
反叛。有谁知道,要过多久
人们才会再也无法忍受
痛苦、耻辱和压迫?
在马尔罗的小说《人的命运》里,
在上海有位比利时工人海默尔莱希,
他只有在年幼的儿子和妻子被反革命分子
谋杀后,才开始反叛抗争,冒着生命的危险
参加战斗。除了懦弱,或许还有别的什么
逼得人无所作为。
而这不仅仅是小说里的故事。

在地中海的另一边,安妮特为自己
被算作白人、白鬼、白佬而感到羞耻。
当地人对白人的仇恨
毫无遮掩。她不习惯
以上司、主人的身份出现,
也不想要在任何国家受到这样的待遇,
更不用说在她自己的国家了,而这陌生的
土地看起来又像是属于她的国家。
她看了看在横滨酒店倒茶的服务员,
他们好像是要给客人们投毒。

被别人伺候让她感到不舒服,
有些人就是喜欢一切都亲力亲为,
不过在饭馆和酒店自然很难实现。
但是这里的情况真不太一样。
她有种感觉,那就是服务员们
都恨她,恨的不是她安妮特
这一个法国人,而是她所代表的
对他们不公正的化身。
安妮特难以忍受这种仇恨。
回来的时候,她感到了
一种强烈的预兆,那就是
有什么正在酝酿,而法国很快
又会少了一个殖民地。

从那时起,和以前一样,
她又慢慢地在不知不觉中
加入了抵抗的行列,
不过这次不是抵御外敌,
而是对抗自己的国家、自己的政府,
也可以说是她自己。
一九五四年她还是共产党党员。
党内对阿尔及利亚的任何独立运动
都不是很感兴趣(当然还是要比
其他的党更感兴趣)。毕竟党章里

不是说所有国家的无产阶级都要
团结起来吗? 并没有说要分裂
分散到各个国家。我们就是
一个被压迫的伟大民族,
我们别无所求。口号大致上
就是这个意思, 不过, 很多人
像安妮特一样, 不再相信这种说法。
她在一次会议上鼓励坐在一旁的
几位阿尔及利亚妇女发言参与,
这还行, 尽管有点不够委婉。
但谈到阿尔及利亚农民就好像
说的是马赛周边雷诺或道尔达、
壳牌炼油厂的工人, 并把维护
前者的利益说成是党分内的事,
她为此受到了警告。

在阿尔及利亚, 也就是说在法国,
很快就有炸弹飞出, 火光冲天,
有些地方农民们拿着斧头朝着
殖民者们砍去。"事件"展开,
一发不可收拾。法国两个共产党中的
阿尔及利亚共产党被禁,
因为该党反对殖民主义,
并与阿尔及利亚的

民族解放阵线联合反对政府。
而另一个共产党却举棋不定，
在一九五六年三月甚至同意了
居伊·摩勒政府的一项政令，
即阿尔及利亚从此将由军方统治。
安妮特早已和这个党划清了界限。
那现在怎么办？她在远处观火，
阿尔及利亚其实不远，和马赛仅一海之隔，
一直有被征召的士兵渡海而来，
他们不是什么殖民者，而是
可怜的魔鬼。谁运气好或是有关系的话，
早晚会在哪儿做行政工作。其他人
则不得不去做他们不愿做的事，至少是
不得不去见证他们不愿看到的事。
不久之后，见证过这些事的人会去讲
会去把这些事都写下来。军方不再对议会负责，
而是采取自己认为正确的方式：实施酷刑，
认为只有这样才能把起义击破。安妮特不敢相信
她在报纸上读到的这一切，
她不敢相信，竟然有人以她的名义，
以法国的名义，对自己的国民
实施严刑逼供、出卖同胞。
然而，起决定性作用的是
天主教出版社塞依出版的一本书里的

一句话:"反对酷刑。"
(在这些日子里,安妮特又和
天主教徒们达成了谅解,后者和
共产党中的几个异见者是仅有的、
向阿尔及利亚伸出援手的人。)
书里说,如果我们法国人允许别人
在我们自己的国家遭受酷刑和耻辱,
得到不公正的待遇,那我们最终
还是会被希特勒打败的。
她为这个国家冒着掉脑袋的危险,
难道就是为了几年后能用上党卫军的方法?
愤怒和苦闷。她的丈夫乔也和她有类似的
看法,不过他没像安妮特那样
完全头脑发热,他的眼光似乎更敏锐,
当然这两者是相辅相成的。
他担心,宗教迟早会在这场斗争中
占据上风,称是称宗教,
却将成为获取权力的一种手段。
安妮特把他的话当成了耳旁风,
尽管在马赛被称为密史脱拉的风
刮得厉害。她慢慢觉得宗教是好的。
她想到了有时在示威活动中
碰到过的工人牧师,他们像后来的
法国共产主义者一样在工厂上班,

或是前往比特费尔德的民主德国诗人。
应该有人早点就告诉她,
她将通过一位牧师而滑入一种新的
抵抗运动。就和之前一样,开始的时候
还只是一小步,这边一个信封,那边
一个信封,她带着送出去,
就和以前一样,只是这次,
信封里多了几张钞票。
就这样,被捕阿尔及利亚人的家属得到了
帮助。然后是下一步。

几年或是几十年后,她和我们都会发现,
当时那些小小的善行其实并不小,
而是每一次都意义重大。
在不知不觉中,她进入了另一种生活,
她从未明确地选择过或是想要过这种生活,
但它却在某一时刻成为了她的生活,
她不能再换回以前的生活了。回过头看的话,
她其实是可以选的,不过,这种选择还隐藏着,
就像是在黑暗中摸索的人,迈出艰难的
一小步,因为不想停留在原地,
而是必须向前挺进。最后,她失去了
很多对她很重要的东西。谁又能
什么都拥有呢?她当时是那么想的。

人也可以什么都没有。理想、梦想的目标、
渴望却还未实现的未来,你还在吗? 还在吗?
在! 我还在! 一个小小的声音忠实地回答,
就好像在还看不到的远方闪烁着一簇微火。

历史学家米什莱曾写道,
古代城邦就已谈到兄弟情谊,
而现在她谈的是公民和人民。
奴隶则是另一回事。
二十世纪极为优雅的基督教人文主义资产阶级
之所以不赦免希特勒,
不是因为他反人类的罪行,
而是他把对黑人、阿拉伯人和苦力的
普遍做法用到了欧洲人的身上。
在一九五〇年,艾梅·塞泽尔
在安的列斯群岛就是这么写道的。
他写得对不对,可以讨论。
在二〇〇六年,同样有人提出,
殖民统治是不是也有好的方面。
法国也通过了教授儿童此类理论的法案,
但一年之后又被撤销。
(莱茵河的另一边有人嚷着,
不管怎样,希特勒还是修建了
高速公路,创造了很多就业机会。)

在法律面前，人人平等，人人自由。
这一句话难道不是法国的古老发明吗？
在学校学习这一基本原则的儿童，
他们当中，也有阿尔及利亚人，他们
或许某天会问，这到底是怎样的原则？
天知道为什么不能在这引以为豪的原则之上
作出修改或改进呢？从这一问上可以看出，
如果殖民主义却有好处的话，那好处就是
它教给了人们取缔它的理由。就说到这儿。

现在，安妮特又开始对国家权力
作出抵抗，只是这个国家并没有
被外部势力侵略，而是自己是侵略者。
确实如此，自一八三〇年以来，法国就对
阿尔及利亚进行着长时期的殖民统治。
但是没有人关心，因为首先需要当地人自己
起来抵抗、发动起义。
她加入了一个由法国人组成的运动，
旨在为阿尔及利亚的民族解放阵线
提供实际的帮助。她从来都不喜欢签什么
请愿书，在这方面，别人做得更好，
譬如萨特、波伏娃、布勒东、萨罗特、杜拉斯、
弗朗索瓦兹·萨冈、布朗肖、特吕弗等名人。
但等到这些名人们下定决心，在一九六〇年九月

最终签名请愿的时候,安妮特早已……
其实也没那么快,否则就没有悬念了。
说到悬念:难道这对安妮特来说
不是一根刺吗?当然不是唯一的一根,
但难道没有影响吗?法国人
对阿尔及利亚人的统治方式是她所憎恶的,
这一点很清楚,而这一点理由其实已经足够。
那还有别的连她自己都不知道的理由吗?
或许我们可能知道?没有别的。她一切都好:
丈夫、孩子和工作。她的丈夫有时确实会
出出轨,这种情况下,可以分居。
除此之外,他们一直都能和睦相处。
几乎什么都好,就是……她想
再一次跟坚定无形的群众站在一起
感受团结的力量,
再一次在历史的大潮中
为远大的目标而行动,再一次
地下抗争、身处险境、自我隐藏。再一次
把一切都赌在一张牌上?再一次
经历恐惧、勇气、运气,再一次像样地活。
她三十五岁了。其他一切都只是假设。

一九五八年,"事件"已经持续了四年。
由于没有任何新的进展,应该要有人出来

拯救危难中的法国和法属阿尔及利亚了。
这个人不是别人,正是曾伸出过援手的
戴高乐。在阿尔及尔,他在空中举起了
长长的双臂,就像是蝶式开瓶器,
不过,没有悬念,还没抽出瓶塞,
而是从政府大楼的阳台上
喊出了他那句著名的话:
我已理解你们!这句话就其本身
很难理解或至少会引起
误解。不太会产生误解的
是第二句同样著名的话:
法属阿尔及利亚万岁!
这句话是他两天之后说的。
安妮特没等他说完第三句,
自己就迈出了下一步。
她加入了一个法国人组成的小团体,
写进史书时用的名字是"搬运工"
或是"让松网络"。
搬运的箱子里装的是钞票,
是民族解放阵线为反对国家
和殖民者所征收的革命税。
从阿尔及利亚人那里得来的这些钱
由阿尔及利亚人自己收集起来。
为了把钱安全地运到巴黎然后到海外,

即瑞士(钱通常都是这么处理的),
安妮特和别的法国人就拖着这些箱子到处跑。
箱子里装的是民族解放战线为维持和扩大
其组织结构和军事设施所需的数百万元资金。
在这种情况下,安妮特有很多事情都不知道,
在当时,这些事情也只有很少人知道。其中一件是
这数百万元资金最终被存入了阿拉伯商业银行的
瑞士账户,该银行的创始人和管理者正是
希特勒的拥护者、纳粹的帮手、
戈培尔日记的出版人弗朗索瓦·哲努。
其实这个人帮穆斯林人是有动机的:
对犹太人的仇恨。以自由独立
作为最重要的目标,即使违背通行的法律,
这难道还是公正正确的吗? 是的。
值得为这个目标而自我牺牲吗? 安妮特
再一次回答说: 是的。
在这个过程中,她不得不闭上几只眼睛,
比如说,那只看儿童被炸成碎片的眼睛,
那只看那些儿童在阿尔及尔和其他地方的
酒吧和电车袭击中丧生的眼睛。
在争取独立的进程中,难道没有更和平的
方式吗? 法国磨磨蹭蹭,
只是做出了最低限度的让步。
允许多几个有选举资格的人,

多建几所学校，最多也不过这样了。
卑躬屈膝、婉言相求都是没有用的。
安妮特继续拖着箱子。箱子里装的
是民族解放阵线和让松人员的工资，
她自己拒绝拿工资。她向工作的
马赛诊所请了长假，她做医生的
丈夫赚的钱够两个人生活，而且
他也支持她做的事。她到处跑：
从外省来的箱子要先拖到首都。
这期间，她的朋友爱莉舍和卢锡安夫妇
照顾她的小儿子。
这对夫妇也经常留宿民族解放阵线的人，
自己则住在安妮特和乔的家。再回到行李箱：
革命税是强制性的，每个阿尔及利亚人
都得交，不管是住在阿尔及利亚
还是住在所谓的大都市，
即真正的法国，
或是祖国母亲，
就好像法国对工厂的工人们和前线的军人们而言，
不仅是一位严格而又公正的父亲，
还是一位呵护备至的母亲。
从每天钻入洛林煤矿的矿工，
到标致汽车公司的工人，
到奥兰的商人，直到阿尔及利亚西部高原的

牧民，自称爱国的和其他所有人都要
为起义或是战争作出贡献。
不然的话，就会受到威胁，
谁不愿交税或是交错了税，
有时还会被杀害。另外，还有创立时间
更久、更温和的组织阿尔及利亚民族运动，
它也要生存，更重要的是，要去战斗。
这里涉及的钱的数目很大，还涉及独立后
阿尔及利亚的权力问题。
事实就是如此。还能有别的办法吗？
革命吞食了自己的孩子，
吉伦派的韦尼奥在一七九三年的名句大概是
这么说的，四十年后格奥尔格·毕希纳在一部戏剧中
也引用了。那这句话到底是什么意思呢？
意思是：有个奇怪的原则是这样的，
有人跟我们说：如果你们跟我们想的一样，
那你们是自由的；否则，你们将受到
人民的报复。（作者引述和大概翻译）
革命像土星一样吞食自己的孩子。
确实如此，不一样的是，多年之后，
革命并没有再吐出生灵活现的孩子，
而是吐出了更多刚死了的孩子。
这些孩子是之前死了的孩子的孩子。
这些死去的孩子并非敌人，

而是对手，甚至只是路人。
即使那些被看到喝酒的人也得受到处罚，
据目击者称，得交上一两个月的工资。
安妮特啊，你为什么要参与？
你为什么要为这些人冒掉脑袋的风险？
你会说，不是为了这些人，而是为了所有人，
为了全人类，为了平等公正的原则，为了
一个目的。这是一场战争，
一场革命，一个庞然大物，一台巨型机器，
没有人能控制得住，像是一台二十吨重的
联合收割机，如果不及时跳开的话……
她也不知道我们和她期间都知道的有什么，
没有人了解当时的数据。她只知道：
有些事确实出了错，但那可以避免吗？
她知道自己要去哪里，她不需要指南针
或是任何建议，在这条路上，总会
出现分岔，或是第一条路拦住了第二条路，
让人无法到达目的地。路就是这样，
从来都是，不会改变。她接受这一事实。
旅程的目的地还很远。她拖着箱子。
在巴黎郊区的叙雷讷，这里的厨房成了
一个未知未独立国家的银行：
演员雅克·里斯帕尔和她的太太伊芳
生活在这里，他们家堆满了阿尔及利亚人

蓄起来的钱。有一回，安妮特被骗了，
骗子巧妙地从这批宝藏中转移了一大块，
但这也只是游戏的一部分，愤怒至极后
也只能耸耸肩。和安妮特一样，里斯帕尔之前
也参与了抵抗运动，他们都曾帮助过受迫害的
犹太人。现在，他们帮助穆斯林。在他们眼中，
还有很多事要做。他们之间自然有差异，
但两者都把共同点和对民族解放阵线的帮助
看成是自己的义务和职责。
运送些钞票又算得了什么。

安妮特很快又继续向前。让松周围的团体
对她来说太没组织纪律了，
她不喜欢这样的放任自由，
地下斗争期间的安全措施已经进到
她的骨子里了。不过，还有别的事要提。
这个团体做的事情是对的，这个没得话说，
让松人也过得去，但他真需要一辆奔驰
作为公务车吗？还有其他的事情，比如说，
他向清洁女工摔钞票，
意思是去给他买瓶苏格兰威士忌，
没什么大事，也没什么不寻常的，
不过，安妮特就是有些看不惯。
这不重要。有重要的基本原则，

还要有个人的行为处事。最好是两者能
对得上。有时或是常常也有对不上的时候。
安妮特对此也许有点敏感。

此外,既然要帮的是在抗战的阿尔及利亚人,
那为什么还跟法国人在一起呢?
她被一名民族解放阵线的男成员招募,
并被指派为南法地区
或是南区负责人的左右手,还是信使。
信使的工作她早在抵抗运动时期就已熟悉了。
这名负责人的代号是乔治,
她后来才知道他叫默罕默德。
(所谓的南区,是行政上的分化,
也算是阿尔及利亚人的报复。
他们将法国以自己的行政单位划分,
仿佛是法国被阿尔及利亚人吞并了一样,
虽然阿尔及利亚那时作为独立的国家
尚不存在,还是法国
行政划分下的一个省。)
她组织了很多的留宿。
南法的民族解放阵线的领导人
每晚都必须在不同的地点过夜,
别的积极分子必须有可躲藏的地点,
还需要有可以安全秘密开会的地方。

安妮特很快就带着一串沉沉的钥匙出门了，
就好像是一所学校的看门人。
通过朋友、同事、以前共同斗争的同志，
她可以接触到各式各样的第二套公寓、
沙滩小屋或是房车。这样的危险系数
已降到最低，可以接受，
毕竟这些人一点儿都不知道
安妮特借了这些度假屋是去做什么。
不管怎样，还是有风险，即使是不想
为阿尔及利亚冒生命的危险。但这说明：
在某些圈子里，很多人都团结一致互相支持。
此外，安妮特的任务就是把乔治
一会儿开到这里，一会儿开到那里，
有时还得带上民族解放阵线的其他人员。
就这些？帮几个人找住宿的地方，再开开车，
想来也没多大的危险。
至少可以这么想。

在新上任的老共和国总统戴高乐的
领导下，被逮捕后受酷刑的人数
并没有减少，与上一届政府持平。
一九五八年，安德烈·马尔罗，也就是
安妮特的童年英雄和陈大儿这个年轻的
恐怖分子的创造者，将加入戴高乐内阁。

部门:信息,还专为他提供了活动空间:
文化。他说,不能再允许实施酷刑了,
不仅是没人看得见并受军方控制的
阿尔及利亚,还有法国的政务院。
在法国的情报机构领土监视局,
还跟以前一样对被捕人员实施酷刑,
比如在巴黎的柳林路,门牌号是十一,
这里在不久之前还作为盖世太保的处所
对犯人用酷刑折磨逼供。

一个使用盖世太保方式的国家
需要很多像马尔罗这样的人来当部长。
安妮特没有任何的理由要服从政府,
她所服从的是抵抗。于是,她在一九五九年
穿梭在了南法的林间小路上。
和抵抗运动不同的是,现在总有人
坐在她的旁边,跟她说话,
把民族解放阵线的历史
和目标说给她听。是的,和旁边的人
她既可以谈这些,也可以说别的。
只要她和乔治在这些小路上
开车,多半是安全的。
一旦下了车,就可能有危险,这无可避免。
安妮特除了当信使、司机和左右手外,

现在又成了社会学家,研究方向是服饰。
她用了三寸不烂之舌也没能说服那些
经她手的、刚来法国不久的
民族解放阵线的男成员
不要把自己打扮成皮条客的样子。
他们把头发向后梳,鬓角抹油,
脚穿漆皮鞋,上身披一件过于紧身的人造丝
抛光夹克。这些人把自己原先的衣服
留在了地中海的另一边,并相信改头换面后
自己就像法国人了,但他们还是很容易
成为警察的猎物。谁愿意,或者说,
谁能忍受,那安妮特就可以把他变得
不那么显眼。和她到处开来开去的乔治,
她也有过类似的问题。
她得陪他到圣特罗佩。
包括了碧姬·芭铎和萨特的
整个巴黎圈子都会在这儿擦肩而过。
得给乔治弄条新裤子
找件无袖条纹衫,这在当时很时尚。
安妮特好说歹说
他才肯把这件条纹衫穿在衬衫里面,
因为他的手臂白得极不时髦,
上面还挂着两双惹人怀疑的黑黑的手,
所以他的顾虑不无道理。

这则故事事后听起来相当有趣,
里面当然有戏闹,
还有无辜的成分,如果在这样
或那样的情形下还有这种东西的话。
他们不是无时无刻都会想到
在圣特罗佩有危险等着他们。
摄影师、警察、记者,全法国的目光
都不分昼夜地聚焦在这里,谁又会
想到在这个地方秘密碰头呢?或许正因为如此,
他们才安全,或者说,比别的地方
更安全,因为谁也不会想到,
在这名流聚集的地方,
还会有人想在这儿躲起来。
一切都安好。
(虽然不太情愿,乔治还是试图
取悦安妮特:他觉得皇帝的新衣
太傻帽了,而且价钱也太贵。)

一九五九年九月十六日历史大逆转。
经过了一百三十年的殖民统治
和五年的抗战,戴高乐在广播电视上
宣布,现在是问阿尔及利亚人自己的时候了,
他们是想自我管理
还是继续由法国来统治。

"黑脚",也就是在阿尔及利亚的法国人
欢呼雀跃:
还不清楚吗?问百分之九十的人,
他们是不是还要由剩下的
百分之十来统治?还需要问吗?
先冷静一下。
还有很长的路要走。民意表决、
公民投票要在双方停火和平之后。
具体说来,就是最晚要在四年之后。
按照戴高乐的说法,
和平是指每年袭击、伏击
造成的死亡人数不超过两百人。
虽然要之后才能实现,
但民意表决的说法
还是第一次提出。
与此同时,戴高乐或者说他的部队
在沙尔将军的领导下
发动了更为血腥的战争,
以便在独立早晚都将到来之时,
能够有更好的谈判资本。还有就是核试验
和撒哈拉地区的石油问题。
数以十万计的阿尔及利亚人,无数
家庭、儿童、村民流离失所,
被关押在难民营,和他们的那片土地

相隔离,和游击队相隔离,后者是关键。
每天都有上百人死于饥饿。而戴高乐
谈的却是和平、民意表决、自我管理。
听了让人嗤之以鼻,确实是,
但同时又不能不说是一种进步。

在横穿法国的路上,安妮特和乔治
谈了这些,还谈了别的问题。她开始信任
乔治和民族解放阵线运动。
至此,她只知道法国联邦,
也就是阿尔及利亚—法国的基本框架。
现在已经有了一个阿尔及利亚
临时政府,总部在突尼斯,就像
戴高乐当年在伦敦一样,
各种冲突四起,各种争论异常激烈,
安妮特有些吃惊,
因为在地下运动期间,只有默默地服从。
"这将是一个现代的、民主的、
有革命意义的国家!"(安妮特原话)。
她和乔治开在一段坡路上,
到处都是坑坑洼洼,对她的车来说,
路似乎太窄了,不过这不是什么比喻,
而是对人高马大的乔治来说,
头很容易撞到车顶。

乔治把头微微收了起来,
不经意间,还哼起了无忧无虑的小曲。
突然,他意识到,
这首曲子是他年少时在君士坦丁的学校里
对红白蓝旗行注目礼的时候唱的:
贝当元帅,我们在这儿!
你是法国的救世主,等等。
都给他灌输了些什么!
不过现在安妮特把车开过了坡,
把这些从他的身上都摇了下来。

不久之后,他们身边多出了
两名随从,其中一名的代号
叫保罗(真名是尤恩西)。
从见到的第一秒开始,
安妮特就不信任他。
在抵抗运动的地下活动时期,
她很早就练就了一种能力,
那就是能很有把握地
感觉到谁可以信任,
而更重要的是,谁不可以信任。
她不信任保罗。
她用医生手术刀般犀利冰冷的眼光
看他,很清楚,这人有问题,

还可能很快就波及她。
在阿尔勒、阿维尼翁、尼姆,
保罗表现异常,她小心翼翼地
提醒乔治说保罗有问题,乔治
不但不听,还相当恼火,或许
之所以更加恼火,是因为他也对保罗的可靠性
产生了怀疑,可惜没有确凿的证据。
所有的事情都有自己的过程,
回过头来看,大部分是慢动作
或是放大的细节,现在看
却不再是什么细节,而更像是
命运之手,这只手利用了保罗,
就像在其他地方会用到马克或
马修一样,因为它有自己特定的计划,
所有的人或事都只是它的手段而已。
它很狡猾,还会耍各种花样,
但是她已经把它看穿了,
或者说她已经可以感觉到它的到来,
如果她不更小心些,如果她不是安妮特,
那它可能会从指缝间溜走。

她按指令把化名为保罗的尤恩西
开车送到蒙彼利埃腹地的阿莱斯。
路上,他明显的有些担心,

她停了两三次车,因为觉得
身体不舒服。他好像对司机的
健康不是很关心,牵挂的
倒是如果她突然开不了车了
该怎么办。但是,当他得知
她没生病而只是怀孕之后,
他终于安心了。按照约定,把他
送走后,她要继续往前开的,
但是她得在一户偏远的人家等他。
据说这是他的家。她等了很久。
回来的时候,他带了一封信给乔治。
这封信她当天晚上就得送去。
她注意到,保罗试图从她口中探出
乔治明天怎么去首都,
也就是说他会走哪条路。
这个家伙真的值得怀疑吗?
还是她对他有反感?
她表现得好像路线还没确定一样。

那路线是否已经确定了呢?
她决定好了第二天要
开哪个方向吗? 此刻,
她不知道自己正站在
山脊之上,因为山雾弥漫

要过很久才会散去。
我们看见她正站在那里，
往前看，毫不动摇。她看到了
两个年幼的儿子，吉鲁和让-亨里，
她看到了那个还没有名字的女婴
在胎盘中做着睡美人的梦，她看到了
地中海刺眼的蓝色，还有乔，
她孩子的父亲。天慢慢黑了。

第二天早晨，她和乔治上了国道七号，
这是一条快速路，从巴黎到黄金海岸
然后折回。这让人很是惊讶，
半年多来，她横穿法国
总是走最偏僻的小路。
到目前为止，乔治
都是让安妮特决定他们走
哪条路能最安全地到达目的地。
那天早晨，乔治亲自定了路线，
很显然，当然是事后想来，
这一举动和他前一晚收到的
保罗的信有关系。

命运必须接受，特别是它其实
已经降临。让我们把命运

向后推两分钟,再说些细节:
他们现在所处的快速路
是法国最为著名的一条路,
有假日大道之称,出名
还凭借了查尔斯·德内的一首欢快的
香颂歌曲。这首歌在一九五九年还很新,
歌名就是《国道七号》。从巴黎到南法,
在这条路上一直朝同一个方向往前开,
直到没有路了,前面就是一片海,
再往前就是另一片大陆,
顺着之前的方向在这片大陆
再往前两千公里后,就到了
阿尔及利亚南部地区的
一座柏柏人的城市,一座德内歌里
没有的城市:塔曼盖塞特。
在离这座遥远的城市
不远的地方,法国于一九六〇年二月
进行了第一次核试验。也就是
安妮特和乔治在国道七号那天的
三个月后。戴高乐在撒哈拉沙漠
引爆了代号为蓝色跳鼠的核弹,
这颗核弹的威力要比有着乖戾名字的
核弹"小男孩"(广岛)高出三倍。
谁都知道,即使没见过这种小型

啮齿动物的人也知道,沙漠跳鼠
不是蓝色的。或许不是每个人都知道,
但可以想象的是,沙漠跳鼠是沙子的颜色。
沙漠中唯一的蓝色是图阿雷格人
所带的头巾。这些人自古以来
就生活在这里。他们被欧洲人
叫作"蓝人"。这些人的妻儿
死亡数以千计。没有受核污染
死伤人数的确切数据。塔曼盖塞特。
查尔斯·德内没有歌唱他们。
他们的死离一切都太遥远,特别是
国道七号。

一九五九年的十一月初,乔治和安妮特
在上述的那条路上被逮捕。
一辆奔驰车超了过来,看了三眼,
就是这样。几百米后是路障。
好了,好了,我们停下来。
你叫什么名字来着?安妮特正好还有
时间问她旁边的乘客,她问的
既不是他的真名也不是她所知道的
代号乔治,而是他现在
假证件上的名字,罗伯特
或是阿尔伯特什么的。他的真名是什么,

也是她在拘留的时候才知道的。
所以她跟警察是说了实话,
默罕默德·达克西这个名字她没听到过。
从警察口中没听到的是她自己的名字,
或许因为他们还不知道。
她自己假证件上的那个人到底是谁,
他们没查出来。他们敬称她为夫人,
而管他则就叫你。他是阿拉伯人,
而她不是,为此不需要做太多研究。
茅坑则成了安妮特一直带在身边的
那串沉沉的钥匙的最后藏身处
或是坟墓。要去钥匙最后的安息之所,
得经过一个院子,安妮特不无吃惊地
在院子里发现,她的车"像衣服碎片一样
散落在草坪上"(安妮特原话)。
她想起了她的两个儿子,想到
做这样的车间游戏他们该有多开心。
突然,一片漆黑。昔日的未来
现在只是死寂漫长的时间,没有
儿童的欢笑,没有激情,没有海洋
深深的气息穿过。一切都浮现在她面前,
因为她突然看到了这一切。
她之前不知道吗? 她没长眼睛吗?
她知道这些但甘愿承担风险,

她自己相当清楚,作为一个女人,
她要为阿尔及利亚和她自己的独立
付出多少年的生命。但知道、清楚
又有什么意义呢?当然知道,
如果我开车,就可能造成车祸,
可能会死,可能会失去双腿不能逃脱。
是知道,但不会去想,不然,就没人
会坐在方向盘后面了。如果知道结果,
她还会参与抵抗运动吗?
这不是知不知道的问题。
更大的区别在于对某一事物的概念
和心里的切实体验。如果她知道,那
什么是酷刑,什么是毒气室,
什么是行刑,什么是谋杀?

还好,未来大多只是现在的
下一个时刻,而这未来一刻
需要现在这一刻,需要精神意志。
现在要做的就是尽可能地
坚持下去,至少坚持到晚上,
不要暴露她自己和别人的名字、
她丈夫的名字,不能暴露
他的踪迹,因为他还拖着箱子
在去首都的路上。孩子们独自在家,

和他们的另一对父母爱莉舍和卢锡安
在一起,亲生的父母却不在身边,
父亲在路上,母亲在牢里,确切地说,
是在警察局的审讯室,在马赛的
主教宫。自世纪初政教分离后,
主教宫就在这里落成。
作为"阿拉伯婊子"的她被打了好几个
耳光。后来,来了一个有点礼貌的,
她向这个人试图解释她为什么
反对对外民族的压迫,为什么站在
民族解放阵线这一边而不是其他一边,
她说啊说啊,看下面这句,
"好像遇到了她自己"(安妮特原话)。
就好像看到了一个有点可笑、满嘴
都是理想的人,她可以为之自豪,她就是这个人。
审讯她的人只是耸了耸肩。

之后是大搜查。除了坚定的立场不动摇,
六七个警察翻箱倒柜把她的家
弄了个底朝天。
安妮特知道:她所做的是正确的,
或许她没有这个权力,
但正义在她这一边,
她对这一点没有丝毫的怀疑。

那她还需要怀疑什么吗?
当穿制服的人还在忙着
翻抽屉掀床垫的时候,当安妮特忙着
跟她的孩子们说自己不得不
和这些"搬运工"一起走的时候,
让我们看看架子上摆放着的
那些默默不语的书籍。这些书
是她和乔多年积累起来的,都读过。
警察们抓了几本摇了摇,然后放弃了,
因为对他们而言,书实在太多了。
让我们抽出其中一本,即使没有,
也能想像会有这一本:加缪的《反抗者》。
让我们翻开这本书:"不管要实现的
目标有多好,盲目地屠戮无辜的人
都是可耻的,因为凶手事先就知道
儿童和妇女也包括在内。"
让我们把这本书放回到书架上,
再拿出另一本书:卢梭。
"在这世界上,没有什么
值得去用鲜血购买。"
还有第三本。在这本书里
无政府主义者克鲁泡特金讲述了
沙皇谋杀案:"亚历山大二世躺在雪地里,
被他的护卫队所抛弃。他身边所有的人都跑了。

游行队伍中的几位军校学员
扶起了垂死的沙皇,把他放在雪橇上,
并在他抽搐的身上披了一件学员的大衣。
和他们在一起的一名恐怖分子
埃米利亚诺夫急忙上前帮忙。
他包在纸里的炸弹还在胳膊底下。"
引述完毕。也许是什么事情的开端?
疑虑的开端?不是。穿透意识的
疑虑之外,还有的疑虑只是在意识的边缘
游动。是爱造就了革命?
还是恨?是思想震撼了内心,还是
别的充满生命的东西,让人能够
站在不幸面前,站在饥饿、痛苦面前,
站在……他双腿被炸断而面临死亡?
当警察们还在翻着箱子的时候,安妮特
看着他的孩子们在玩耍,她知道
过了不多久,她就再也看不到他们玩耍了。
在她的脑海里,或许没有任何什么想法,
有的,或许只是一种钻心的刺痛,
还有非同寻常的忍耐力,她要忍住
不在孩子们的面前哭泣,
装作好像什么都还会好起来。没有人
能看到别人的脑海中都在想些什么,
更不用说自己的。然而,在这漫长的

一刻间,或许能听到她和别人都没有听到的
一问:值得吗?我做得对吗?
对?还是不对?

这场战争会不同吗?这场战争有可能不使用暴力
实现其目标吗?在阿尔及利亚出生的加缪
在三十年代末就已描绘了卡比利亚的苦难
和剥削,后者他称之为奴隶制。
也有要求改革的,也有要求平等权利的,
不是没有一点用,而是作用不大。
当炸弹爆炸,法国政府才逐渐苏醒,
才开始小心翼翼地纠正其政策。有了甘地,
后来有了南非。有耐得住性子的人认为,
暴力只会引发更多的暴力,所以宁愿在监狱
待上多年也不愿反抗剥削者和殖民者?
如果有人没耐心,又怎么能怪罪呢?
比如,加缪就觉得要怪罪这些人。
他并非殖民者的后裔,这里的殖民者是指
大地主、剥削者、寄生虫。
许多阿尔及利亚法国人其实自己也很穷,
即使他们要比阿拉伯邻居
富有一些。安妮特很清楚这一点,
她想的是别的,是原则问题,
在这个原则上,她是对的,

这个原则还说,
一个民族没有权利去压迫
另一个民族。加缪说的和这个并无两样,
只是他还说了别的:"在阿尔及利亚,
这些天有人在电车里投掷炸弹。
某辆电车里坐着的可能是我的母亲。
如果这是正义,那我宁愿选择我的
母亲。"母亲和原则,不可以两者皆有吗?
如果运气好的话,或许可以。
弗朗茨·法农又是怎么说的?
"对于被殖民者来说,生活
只能在殖民者腐烂的尸体上开始。"
这句话来自他的书《大地上的受苦者》,
萨特写的前言,这样的前言或许
是别样的监护或是殖民,不是吗?
还是这本书刻意要这样做?
"因为在反抗的最初时期,一定会有杀戮",
他写道,"谁杀了一个欧洲人就是一石二鸟,
既把一个压迫者也把一个被压迫者赶出了
这个世界。"但萨特忘记了一个事实,
那就是他自己也是欧洲人。

矛盾的是,现在有足够的时间进行
这样的反思,而同时又为时已晚。

手铐被扣上了。报纸和杂志
幸灾乐祸,高兴地说这是简单的猎物。
一个法国女人,还是医生、博士,
为什么会为一个阿拉伯人做事,
除了性虐,还可能是什么别的吗?
可怜的她成了种马的囊中物。
报上还同时引用了一句凭空想出来的话,
是从久经考验的通俗小报的保留曲目中
挑出来的:"我愿意为他做任何事。"
旁边是一张漂亮的照片。照片是
那天来搜查的六个警察中的一个
随手拿走的;警察们当然也可以借此
赚点外快。该报还写道:数十名记者
踏遍了全马赛所有的酒吧和夜店,
想了解一下她放荡的生活。除了
一位饭店女老板,没人见过安妮特。
安妮特有时会去那家饭店,
老板可以证实……
她每次都拿着一本书就一个人
坐着。糟糕,糟糕。《法国晚报》
称她为"民族解放阵线的随军女贩",显然
想说的是她是妓女。报上只是简单提了提
她曾为抵抗运动工作过,主要为了解释
她为什么那么热衷于改名字。

报上详细写的是指控的内容,
这显然也是最大的谜团:为什么
一位极受人尊敬的女士、医生、研究员,
马赛一位德高望重的神经病学专家的
儿媳,一位医生的妻子,一位未来医生
或是类似受人尊敬的人的母亲,就是
这样一位女士,她怎么会抛弃一切,
抛弃自己的荣誉,怎么会
和这种阴险无耻之徒在一起?

审讯过程中,她需要尽全力,
尽可能帮乔脱罪。
虽然有所顾虑,乔还是有参与,
并为民族解放阵线做了一两件事。
她还尽力转移所有对爱莉舍和卢锡安的
任何怀疑。他俩曾窝藏过
参与民族解放阵线的阿尔及利亚人。
她一定要为她的孩子们
保护好这三个可亲可爱的人。
她做到了。之后是两周的单独监禁。
接着,她又出现,就像是马雅可夫斯基
描述的被冰冻了半个世纪的英雄。
她对外面的世界一无所知。
在莱斯鲍梅特监狱里面,她也不知道

是怎么回事。但是，无论在外面
还是在里面，人们对她的事知道得
越来越多，所以后来她分到汤的时候，
会得到一块比平时大的面包和一个眼神。
汤和面包是另一个因犯在狱警的监督下
分配的。再后来，长棍面包中藏了
四根香烟、火柴、擦磷，还有一小块
心形的肥皂。这不好吗？有人想着她呢。
送东西的人很快写下了三个女人的名字：
纳迪娅、哈莉玛、齐内布。她刚到
就已经有了还未相识的朋友。这些
阿尔及利亚妇女用她们自己的方式
感谢她，并让她知道，在黑暗陌生的
围墙下，她没有被忘记，她不是
一个人。过了十天，她所在的监区
终于有了人的迹象。不久，她就能见到
这些新朋友了。
还有三个从阿尔及利亚遣送过来的
政治犯，其中包括了年轻的
贾米拉·博耶尔德。她表现得像个
女英雄，也像个女英雄那样被处置，
因为她曾放置炸弹，但令她恼火的是，
炸弹没有引爆。她参与了所谓的
阿尔及尔之战。她受过伤，被捕后

因不愿透露她的上级雅西夫·萨迪的
藏身之所而遭受过酷刑。这位上级
后来还参演了一部电影
(影片的背景音乐:巴赫和莫里康内)。
他演电影要比在现实生活中演得好。
而安妮特则扮演着她在监狱里的角色。
她的辩护律师雅克·韦尔热
给自己设定的目标是让她成为
"恐怖主义的灵魂"、阿尔及利亚
革命代言人和他的妻子。
安妮特不是很喜欢他。
她更希望她的两位做律师的朋友来为她辩护。
和贾米拉一起来的三位阿尔及利亚妇女
觉得自己要比纳迪娅、哈莉玛高一等,
因为后者没有在阿尔及利亚
而是在法国生活和战斗,
所以她们并没有参与到真正的战争中来。
虽然纳迪娅、哈莉玛她们也参与了
马赛穆雷皮安和拉瓦拉油库的袭击,
但相比之下不算什么。实际上,只有贾米拉
一人被判处断头台死刑,不过两年后
被赦免。与此同时,安妮特⋯⋯
俗话说得好,我们还没到那一步,
这话不无道理,监狱里的一个月

时间很长,特别是之后还有
第二个月,再之后紧跟着的
还有一个月,然后再下一个月……
让监狱领导很是吃惊的是
安妮特还在读戴高乐将军的回忆录,
还在看《世界报》。更重要的是,
她仔细阅读着狱管和别的囚犯的灵魂。
囚犯里有妓女,有农民,有想摆脱
家庭暴力而用斧子解决问题的,还有
从价值数十亿国家彩票中挪动了几个法郎的
邮政工人。很快,大家都争先恐后地
去找安妮特,跟她讲她们的秘密,或是
诉说她们的痛苦,孩子、男人、鸡眼等等。
其中一个恐怖分子齐内布梦想着
能成为阿尔及利亚小姐,甚至是马赛小姐,
这也说明她的国家民族主义也没走多远。
很有意思的圈子。还有很多人不会开口说什么,
她们有抑郁症。

和阿尔及利亚妇女们被关押在一起,安妮特
意识到,她对为之斗争的国家其实
什么都不了解。也就是说,她为之抗争的
与其说是一个国家,还不如说是公正、
自主这类思想。可以为思想去战斗

去牺牲吗? 这可以吗? 为之斗争的思想
还只是思想吗? 这些思想难道没有
变成现实吗? 没有变成行政机构,
变成人, 变成规范条例, 变成血肉之躯吗?
思想本身和空气还有什么区别? 难道
有空无一物的空间? 她意识到,
她所为之斗争的现实, 是她报纸上
看来的。是的, 她确实去过阿尔及利亚
看朋友, 但接触到的其他人基本上都是工作人员。
而现在监狱里的工作人员都是法国人。
简而言之, 他们不会按你的要求做事。
而她自己则属于阿尔及利亚女罪犯这一群。
通过这群人, 她对她们国家的了解
和想法更多了, 特别是贾米拉
很会讲故事 (我们这里讲的不是《一千零一夜》)。
讨论中, 贾米拉不容忍任何反对意见。
她是女英雄, 因此有些自负。
没有人比她认识得更清楚, 这场革命是
怎么来的、意味着什么、将把我们带向
何方。她就是革命, 她就是人民。
如果自己就是真相, 她也不会为此
感到惊讶。除此以外, 她很聪明,
也是个好狱友。

然后就是圣诞节了。安妮特和狱长的
关系很好：政治犯们可以一起共进晚餐。
爱莉舍帮安妮特在家里烤了栗子火鸡，
除了这个圣诞传统菜，安妮特
还不知从哪里变出了圆圆的、
奶香十足的圣诞年轮蛋糕。

实际上，监狱生活也没那么差劲，
特别是像她这样有单人牢房住，
有书看，有人来看望，还有各种活动，
她还有伴儿，如果这种生活不是到处都是
铁栏，那其实还真过得去。就说这些。
那年年初，她又重拾神经生理学领域的
研究（具体来说，就是伴有高度节律失常的
早发性肌阵挛性脑病，如果这些词对您来说
有意义的话）。书籍堆得越高，
她的肚子也就越大。她身体很好。
接着，她又感到了痛苦，
而且痛苦感还越来越强烈。她想起了
吉鲁和让-亨里。怎么能说想起他们呢？
在这个时候她都无法思考。
她把两个孩子抱在怀里，
抱他们，亲他们，然而，
边缘系统或是别的什么系统的

每个神经元都对她说:
他们不在她怀里,他们不在她身边。
怎么看,他们也不会回到她身边。
其实是她不在他们身边,不能回到她情感
和习惯归属的地方,因为她被关在了牢房。

在这种情况下,实际上只有一种渴望,
一个问题:我怎样才能从这里出去?
唯一能打开一扇小门的就是
她的大肚子。靠着肚子帮忙,
基耶日曼和威代尔-纳杰两位律师
争取解除审前羁押,
以此尽可能推迟审判。
只要戴高乐不愿意
与民族解放战线谈判,那战斗人员
和协助者一律视为恐怖分子。
但是在春天的时候就已经可以预见到
尽管有各种阻拦,谈判还是迫在眉睫,
第一轮就在六月进行。
舆论就像一位贫嘴、轻浮的妇人
一天天地慢慢往另一边靠。
审判的日期越晚,安妮特就越不是
恐怖分子,而是正义的倡导者。
那怎么来实现呢?光靠大肚子还不行,

还需要别的几样东西。孕期一定要
出现什么问题,即使实际上并没有
什么问题。很快,问题就出来了。
受监视的医院(马赛爱婴医院)。
各项检查,多位专家、医师。
医师虽然由法院指定,但医院里
还是有跟政府政见不一的人。
其中有一个人特别好,轻松调换了
试管,而这根试管里有病菌游动。
有生命危险!高危妊娠!
六月二日来的消息:
安妮特被允许回家待产,
直到正式审判开庭。
当然是软禁,有警察
日夜守在大门口。
但是:她在外面了!

办了个聚会,有很多人,很吵,有花束,
有碰响的杯子,有兴奋,直到她的半个脑袋
都在旋转,说的是没有留在监狱的那一半。一时间,
她怀念起牢房里的寂静。一切都会好起来的!
没什么不好的。她的身体里有什么在踢,也想出去,
就像她之前想从牢房里出来一样。几天后,
她分娩了,一切顺利,尽管有过种种的担心。

是个小女孩,取名弥莉娅姆,皱皱的眼睛看着她。
然后夏天到了,她没有想到,这会是她
最后一个夏天,绝不是她漫长生命里的
最后一个夏天,但确实是最后一个。
家人、孩子的陪伴、热闹的家,所有这一切
即将随着这最后几天的炎热而散去,尽管
她才刚生了一个孩子。可能有不一样的结果。
可能吗?

秋天,安妮特和她的共同被告
默罕默德·达克西,也就是乔治,
上了军事法庭。官方一直还未
宣称有战争,而是说紧急状态。
虽然没有战争,但有军事法庭。
两位律师分秒必争,寻求各种方法、
论据、策略,但向这群官员怎么解释?
就是这群人发动的战争("事件")。
怎么向他们解释,这不是
正义的战争,没什么好结果?
大多数"让松网络"的行李搬运工
在几周前就被宣判。(除了让松本人,
他及时带着自己的行李箱逃走了)。
安妮特过去是,现在也还是成员。
大多数的搬运工被判十年。

如果静静地想想，没有什么别的理由
不这么判。严格地讲，完全可以省去
答辩和证人出庭作证，不过，没有省，
而是要向官员们阐明，这是一个
抵抗外国侵略的新例子，被称为
抵抗运动，为此还应该颁发奖章。
很显然，所有这些努力并没什么用，
一切都是徒劳无功的。

审判将在圣尼古拉斯堡进行。
这座堡垒矗立在港口之上，
是路易十四建造来驯服狂傲不羁的马赛的。
那军事法庭有没有在这堡垒里
成功驯服达克西和他的同谋
安妮特呢？审判的第一天开始了，
在这个世界上没有什么比智齿发炎
更严重的了，这比堡垒、军队、
帝王更加强大，一切都笼罩在
痛苦的云雾中。虽然安妮特
疼得说不出话，但为她人格作证的
却络绎不绝，他们给大家描绘了
安妮特牙不疼时的形象。
以下这些人出现在证人席上，
法兰西学院教授杰出的神经学家

阿尔弗雷德·费萨尔、安妮特在医院的
上司葛世涛、同事们……还有西蒙娜和丹尼尔，
就是她救下的那两个孩子。现在他们已经
不是孩子了，都三十出头了。他们说的话
并不能穿透安妮特痛苦的阴霾，但能穿透
我们这些出庭的人或是愿意出庭的人的内心。
西蒙娜作证，她的救命恩人救人于危难的
品质是与生俱来的，她的父母也是如此，
这些人总是向被抛弃的、失去尊严的人
伸出援助之手。她记得有一次安妮特
在街上看到有个人情况不对，就匆忙
把他送到了医院，而在旁其他的路人，
图自己的方便和安心，认为这个人
只是醉了在睡大觉。法庭的人没怎么
受感动。这里要判的是恐怖主义行为
对国家造成的危害。民族解放阵线的人
不是什么无害的流浪汉。
来自君士坦丁的电工达克西就坐在
她身后的一张长椅上，他正襟危坐、
威风凛凛，就像是努米底亚的君主。
她进入法庭的时候，他就这样坐着，
左右都是宪兵。她的座位就在他的
前一排。她转身跟他打招呼的时候，
他站了起来，亲吻了她的手。

(要给她拍电影的话,我们强烈
推荐这一幕。)

过了两三天,判决已经出来了。
此案很清楚,她已招供,公开
自豪地承认自愿为民族解放阵线
服务。乔和由两个朋友组成的
律师团早就为她设计好了出路。
其实一切都已安排就绪,
剩下来的就是最终决定
和实行了。不过,逃亡
真是最好的选择吗? 乔、
两个孩子,他们怎么办?
他们也会跟着来吗? 她几乎
已经习惯了监狱的生活,
她对自己这么说(也不会
对别人这么说,谁知道呢,或许
他们还相信她并继续着各种努力)。
不管怎样,她习惯了莱斯鲍梅特
监狱,那里她曾待过,也有
朋友和自己的生活节奏。但是,
十年? 估计就会这么判的。十年
太长了,连她都受不了。剩下的只有
一种选择:只要还有可能,只要她没被

关在监狱厚厚的围墙后面,而只是
受监视,在判决下来之前,在软禁结束
之前,她一定得逃。在审判期间,她还
穿上了答应纳迪娅会穿的一件青铜色的
衣服,上面煞费苦心地缝上了一些能带来
好运的东西,比如胎盘粉。在漫长的
审判过程中,她很开心能摸摸这件衣服,
感受着友情的内胆,但自己对什么样的迷信
都不相信。不过衣服也没什么用:
她必须离开这儿。逃亡的路线
已经确定,不过得先说个题外话。

她必须逃离的那套被看守的公寓
在她上层中产阶级公公婆婆的房子里。
曾提到过的公公是一位著名的医生,
而婆婆则很有自己的主张,也有点古怪,
她来自敖德萨俄裔犹太钻石商的家庭,
还拥有几颗钻石。这两人生活有点铺张,
还暂时雇用了一个司机。和婆婆一样,
司机也是俄罗斯人,当他要结婚的时候,
却突然辞去了这份工作。几个月后,
也许是一年后,婆婆罗杰太太打开了
保险箱的门。她本是想把平时一直
带在身边的珠宝放到保险箱里,不想

保险箱里空空如也，什么也没有。
换句话说，有人偷盗。她叫来了警察。
警察用专业的眼光搜查了整个房子，
钻石珠宝没找到，倒是在地窖里
发现了什么。在一个昏暗的角落
有一张床垫，旁边还有一个煤气灶。
还发现有扇从没有人知道更别说
用过的门。他们守在门口等。
有些警察也真是图轻松，
就逮捕了第一个从那扇门里进来的人。
不出预料，就是那司机，
可惜没有珠宝钻石，他早已把它们
都贩卖了。多年过去了，
没有人需要用这扇不起眼的小门，
直到现在，直到安妮特必须逃离的时候，
又想到了这扇门，门通往房子后面的
一条小街，没有什么人把守。

还需要再想吗？还要犹豫不决到最后吗？
不，她已决定好了。说好了，孩子们
之后跟着去。没有什么好翻来覆去
考虑的了，一切能够考虑到的事情
都考虑清楚了。
有的时候还来得及去担心去怀疑，

有的时候还有别的可能去扭转局面,
但在判决下来之前的这三天里,
再作别的打算已经为时太晚了,只有
逃亡。新生的婴儿留在这儿。另外
两个孩子也留下。这两个孩子的
父亲乔也留下。

一九六〇年的某一天早晨,一个身影
从地窖的小门窜了出来。她一头
新的黑发,眉毛也是布列塔尼人中
不常见的深色。她爬上了一位女朋友的
小轿车。车正巧刚开过来。没有
给乘客的位置,只有小小的后备厢里
一个放蔬菜的可以折叠的盒子。折叠起来,
安妮特人更小。安妮特就蹲在盒子里
去了机场。机场上不仅有飞机,还有汽车
和宽敞的停车场。停车场上,她可以不被人
察觉地从这辆车换到另一辆外国牌照的
车上。车是另一位女朋友苏珊娜的,
她住在巴黎,但来自日内瓦。
苏珊娜把她送到一个小村庄,附近
是最后一道屏障,也就是瑞士边境。
她一定得越境。就是在这座夹在
托农莱班与阿讷马斯之间的小村庄,

苏珊娜与她的母亲和妹妹
碰了头。她们住在边境的另一边,
刚开车通过海关过来。因为老是过边境,
海关官员很熟悉挡风玻璃后面的这两个人。
从现在开始,一切就很容易了。
之所以容易,也是因为是现在
回过头来看而已。安妮特得到了苏珊娜
妹妹给她的大衣(对对对,这句话
语法不太对),还有她的眼镜和围巾。
围巾缠在她脖子上,既为了求相似,
也有时尚的考虑。安妮特和苏珊娜的
母亲坐上了那辆瑞士轿车。之后不久,
天已经黑了,过海关的时候,她
向边境工作人员友好地挥了挥手。

伯尔尼、米兰、罗马,然后是突尼斯,
那里是还未执政的阿尔及利亚政府所在地。
安妮特努力地为公正自由的生活
而抗争,她一直向南,
迪南、里昂、马赛,
现在又一跃到了突尼斯,
就好像南方不仅仅是一个方向,
一个政治上的阿卡迪亚,
没有暴政,没有剥削,好像是久违的、

渴望而未及的、非常想去的地方的
另一个名字。安妮特出生的
布列塔尼的海岸,就像北非,
指向北方。

现在回到突尼斯。对她而言,
这里的一切都很陌生,
而这里对她却不一定感到陌生。
没过几小时,最多是几天,
整个迈迪奈都知道了这位女子
曾经帮助过民族解放阵线。送给她的
土耳其软糖,她可能这一辈子都吃不完。
在被告缺席的情况下,马赛的判决
不出所料:十年监禁。《法兰西晚报》上
很快就发表了题为《安妮特·罗杰
在突尼斯》的文章,还附上了在她不知情的
情况下在民族解放阵线办公室门口
拍的照片。她宁愿没有人知道她。在监狱待了
那么久,接着是逃亡,然后不得不流亡海外,
这一切对她而言并非是愉快的。难道这一切
就是对她所付出的欣赏和感激之情?
或许这也不是。都十五年了,安妮特不再是
无名氏了,但她却始终无法摆脱
无名氏这种存在的阴影。

迟早会有一天,她会再次到地下,
进入各种各样的藏身之所,再次
隐姓埋名。再说了,做无名氏
也没有那么差,最终就像是
一个窝,像一个夜晚,可以无拘无束,
不被今天、明天所牵绊。她在突尼斯的
这些日子就像一只被拖到阳光里的猫头鹰。
但只要她能再次行动,不被折腾来
折腾去,那猫头鹰的幽灵很快就会
消失。那么接下来还会发生什么事呢?

几天前,她还怀有身孕,她的第一个
女儿还在她的怀里,还有两个年幼的
儿子,还有她的丈夫,还有她的工作,
工作在大多数情况下是有用的。以前所有的
这一切,现在:什么都没有了。
别人很可能会重重地掉进这个深渊,但是
她没有,她不会跌倒,她要坚持跑下去,
就好像她脚下的就是地面,就像连环画上的
插图,她的腿在身下打转。
医生总有很多事要做,特别是在像突尼斯
这样的国家。突尼斯自己独立才不到四年,
在与阿尔及利亚的边境上驻扎着
民族解放阵线军队的根据点。到处都有

安妮特的身影：在突尼斯的医院，她坐上了
弗朗茨·法农和他助手的位置，在边境附近，
在小城埃尔·凯夫，很多受伤者
在军营和战地等着她救治。还有幻灭感：
那时候是什么让她决定支持民族解放阵线的？
是不是因为那些针对法国军队对战俘实施
酷刑的报道？还有盖世太保对抵抗运动成员的
家属所实施的酷刑？现在她意识到：
民族解放阵线也会实施酷刑。
没有人只是为独立自由而战，
所有人都还在为了无上的权力在厮杀。
被折磨的有异见者、对手，还有普通的士兵。
这些士兵不是那么容易就能被说服
来战斗的，谈的都不只是战斗，
他们想战斗，也能战斗，
相对来说，在战争中牺牲也没什么难的。
但是要他们为这无意义的障碍赛跑而葬送性命？
为了隔断其国内民族解放战线力量
与突尼斯基地的联系，法国军队
已经沿着边境拦起了由电篱笆、地雷、
带刺的铁丝网构成的死亡地带，
并派重兵把守。民族解放战线决心
不惜一切代价穿过这个恐怖区域。
很少人即使穿过了，没有被炸得粉身碎骨

或是被电击而亡,到了另一边也会被射杀。
耍小聪明留在原地的,会被处以
酷刑。好吧,一切都没有那么系统地
进行。或许发生的概率很小。
但对安妮特来说,发生过的就是
发生过的,而且还会继续发生。
她所做的一切,她所失去(当时所认为的)
一切心爱的东西,难道到最后只是
用一种酷刑换成另一种酷刑吗?

她想把一切都放下。放下一切。
又改变了想法。病人和伤员们
如果没了她救护还能好起来吗?
还有:即使方式方法残酷恶劣,
但是独立自由仍然是无可争议的
好的目标。所有出现过的错误
和罪孽都不能改变这一点。
但是为什么?为什么要滥用酷刑?
是一直都这样吗?不能改变吗?
难道刨木时不会产生刨花吗?
谁想煎鸡蛋,就必须打鸡蛋。这句
他们国家的谚语,安妮特已听到过
无数次了。她还在犹豫。

她留了下来。还有别的选择吗?
如果她现在就这么离开了,不就是
等于承认不仅是民族解放阵线有问题,
更重要的是她安妮特自己有问题吗?
是不是太仓促了?是不是热情,
是不是愤怒把现实给蒙蔽了?她当时
没看清现实,也不可能看清,只是
现在才慢慢地从旁边从邻国这边开始
认清现实?也许吧。是对是错不是她
或者别人可以决定的,除此之外,
也不需要一个外部或内心的法官来判断,
至多需要的是一件不可能的东西,
那就是事后再作出不一样的决定。
生命中有很多不同的路,这是每个生命
所特有的,但这些路都指向前方。
前方是行动,是缓解,是组织,
是救助,有太多,有多得可怕的事要去做,
在这个国家,在这个还不是国家的国家,
在这个还从来没有过的国家,更多的是
一种愿望,一种冲动,一种希望。
她不仅要和可怜的魔鬼打交道,
之后更是要和有权势的人交往,比如
费尔哈特·阿巴斯,是他统治着这个还未存在的
国家;胡阿里·布迈丁,是他领导该国时刻准备

战事的军队；阿卜杜勒哈菲德·布苏夫，是他
成功地进行了谍报活动；
还有阿卜杜勒–阿齐兹·布特弗利卡，是他
在四十到六十年后，还半死不活地主持着这个国家
的事务。几年后，从这些完好无损的鸡蛋中
会孵化出一个集团。安妮特仍然
梦想着一个公正的社会主义性质的国家。
她没有想到，或许也不会想到，但会去
期待，这些人后来会成为怎样的人。
她正梦想着这个期待已久的幸福之地，
她年轻生命的一半都朝着这个方向努力。
就像这个新的国家一样，她梦想的
地方没有存在过也还不存在，
但是在她和数百万人的帮助下
这一次真的要实现了。

这就是美好国家的梦。然后还有
美好生活的梦。在这个梦里，
她的孩子最终又回到了她的
身边。当时说好的是，她逃亡
一成功，乔就尽快把两个孩子
送到她身边。他自己在马赛有的
工作他不想放弃。但他想好了，
尽可能经常飞去看她和孩子。这么做

应该可以,为什么不呢?只要战争不持续下去,
之后可能还会有减刑。这是希望,也是
他们的想法。所以她一到突尼斯,
就为一家人寻找住处了。每个孩子
都要有一个自己的房间,甚至已经约好了
一个保姆,因为安妮特还是要去上班的。
孩子们的父亲只要把他们送到罗马就行。
是这么想的,也是这么做的。现在
他要实现他们的安排,不料,
却在意大利边境上被拦住了去路。
禁止离境。这怎么可能呢?他又没做错
什么?(实际上他有,至少从国家的
角度看,因为他也为民族解放阵线
运送过行李,但没有找到证据。)
总之,他被禁止过境。在法国,
已经有"事件"发生,但警察和司法
还没有具体的尺度。他们如果不想
放你过境,那你也就过不了境,他们
不会管你在别地是不是有妻儿。

有梦。也有梦醒的时候。在这还未
梦想过的新生活里没有人能拥有一切,
她也不例外:为更好的世界而斗争,
面对艰险,生儿育女。或许还要有

孩子，一定的，要保住孩子，
要有孩子在身边！看孩子们玩耍、长大，
能碰碰、摸摸孩子。逃亡三个月后，
她醒来意识到，她可能已经最终失去了
自己的三个孩子。十年！十年后，
她的两个儿子几乎已经成年了。新出生的
小女孩儿弥莉娅姆看不到自己的妈妈了，
或是已经把妈妈留在了记忆之外。女儿会看着她，
就像一个初次见面的陌生人，或许就像一个
新邻居。在有生以来的这几十年里，安妮特
第一次感到自己宁愿不再活下去。
梦想是艰难的。几周的黑暗和干旱
不至于让她死去。很快，安妮特又开始了
新的计划。几个月后，在夏天到来之时，
他们可能可以在地中海上团聚。
地上的边界守卫得比较严，
难道在这隔开她和孩子的
海上倒是不严吗？开艘船行吗？难道
在海上就不能见面吗？她可以
从突尼斯出发，乔和孩子们可以从马赛出发。
如果这也不行，那就只有希望可以渐渐看到
战争结束的曙光，希望阿尔及利亚获得独立
以及可能的大赦出现。

总也会有时间去思考，会有很长的时间，
像一条广阔的时间的山谷，思考
将不可避免，除此之外，还有煎熬，
但现在还没有，现在有太多太多的
事情要去做，而思考对于行动而言
就像是刹车。顺便提一句：转变已发生，
什么都没有可能再扭转了。现在她希望的是
下一个夏天，是能看到孩子们。她忙着工作。
她一点都没有感觉到危险的存在。直到后来，
她才知道她之前和现在都处于危险之中。
肖莱和她一样，都是为民族解放阵线斗争的法国人，
在他们家，她在一九五九年的冬天，听到了一个声音。
声音好像是从上面很远的地方传来的，对一个
有宗教信仰的人来说，可能以为是上帝的声音。
但她什么也不信仰，只相信人类的理智，
不过她身上的理智即将所剩无几，
因为她的眼光落在了声音主人
无尽的躯干之上，最后定在了他的
眼睛里。简单说来，就是她坠入爱河了。
刺穿心灵的利箭不会等待合适的时机，
而是随着自己的性子和喜好就那样放出。
那天，在肖莱家的走廊这一幕发生了。
那个男子叫阿马拉，他的高大就如同她的矮小。
他是阿尔及利亚人，就像所有的

阿尔及利亚人,他也参与
突尼斯的民族解放阵线。

从现在开始,一切又一次发生了转变。
新的转变在旧的转变中发生。她之后
对突尼斯和突尼斯的回忆也会染上
那最初一天的色彩,从天空光亮中
下降的飞机,火烈鸟般火红的云
在阳光的微尘间闪烁。

后来,她从阿马拉那里得知,
其实他知道她相信自己已经到了
一个友好的国家,已经没有了
被迫害的危险,已经比在监狱里
安全上千倍,但这些想法都是错的。
阿马拉不仅是她的爱人,还是她的
保镖。但不管是男是女,
难道所有的恋人不都这样吗?是,
但又不是。阿马拉被委托负责她的
安全。他已在暗中保护她有一段时间了,
但她从来没注意到。是她有什么危险吗?
有这么一个团队,他们自称为"红手"。
他们身上唯一的红色就是屠戮的鲜血。
这双手喜欢杀所有和民族解放阵线

有关的人，比如说，那些运送武器装置的，
或是提供律师辩护的，
或是其他提供帮助的人。不过他们对她
这种小鱼没兴趣吗？她至少
也是条小鱼。法国不这么看。
不管怎样，她都被判处了
不少于十年的有期徒刑。
说到法国：很久以后，
这个"红手"谋杀队被发现
不像过去认为的那样，他们并不是
由疯狂的殖民主义者组成的极右翼团体，
而是政府。那双随心所欲来去自由
而不受惩罚的手其实是伪装好的
法国特工部门。也就是说，这个由疯狂的
殖民主义者组成的极右翼团体确实存在，
他们谋杀持不同政见的人。他们的
代号是红手，真正的名字是法国。

多亏了阿马拉的帮助和好的运气，
安妮特得以逃脱自己国家的杀人红手。
然而，没有逃脱的是从列日寄来
给她这个流亡者的精美的比利时巧克力。
因为可疑或是包裹听起来可疑，
为以防万一，借着从远处开的一枪，

解除了引爆装置。有别人在打开
类似的礼物后死亡。听说过这种事的人
就不会觉得小心谨慎可笑了。真还有这么
一个死亡包裹在送到她手上之前
被保护她的人给拦住了。

她在忙。突尼斯民族解放阵线办公室。
她经常在那里执勤。有一天，
有个叫尤恩西的来向她报告。
哪个尤恩西？我不认识什么尤恩西。
是不是一个病人？门开了，
安妮特的胸口"有火球在碰撞"（安妮特原话）。
站在门槛上的人是保罗，
在她眼中，这个人就是叛徒保罗。
就是这个人在大概十八个月前
在同一天出卖了她和达克西。国道七号。
她没有证据，但有的不仅仅是对他的怀疑，
有的是几条线索。这和直觉，甚至是女人的
直觉，都没有任何关系。
为什么当时警察在审讯过程中
会知道某些事情？比如说，她怀孕的事，
除了达克西、她自己、还有尤恩西之外，
没有人知道。如果他不可疑的话，
为什么事前就表现得那么可疑？

他是告密者,在这一点上她非常确定,
因为有太多的疑点。
她和自己的孩子们相隔几千公里,
她坐了半年的牢,
还有九年半在她自己的国家等着她,
她生命中一切的一切都不一样了,不是因为
她是这么选择的,而是因为
这个没有素质、没有一丝人格的人
被法国特工部门收买利用。
代号为乔治的默罕默德·达克西
和她这个联系人要在法国坐牢,
因为和她一样,他也被判十年,
和她不一样的是,他没能逃脱。
所有这一切以及更多的事都要
归罪于尤恩西。现在,
他正站在门口,不可思议地咧嘴笑着,
毫不掩饰他惯有的虚伪。那现在怎么办?
在这种情况下,她不想别的,
只有除掉他。

她跟两个所谓的"布苏夫男孩"接上了头。
布苏夫男孩不是什么流行组合,而是
这个还未存在的国家的间谍和反间谍部门。
为了自己的人身安全,而不是

为了国家的安全，布苏夫每晚都在
不同的地方过夜。他的布苏夫男孩不睡觉。
或许他们也睡觉吧。她认识其中两个。
谁也不知道，这或许有帮助。在他们的耳朵里，
就像在一口深井里，她投下了一块怀疑的石头
(或许还有她十足的把握)。她听着：
连一片轻轻的水花都听不到。静悄悄的。

她想着别的事。就像以前一样继续下去。

几周后，这个叛徒在巴黎北部(欧贝维利耶)
被民族解放阵线的人抓获。
审讯持续了一个半月。出卖达克西和他的
女助手只是对他的一项指控。在达克西
被他出卖被其他人抓捕后，
尤恩西自己则升到了达克西原来的位置，
成了南区的第一把手。
这种情况对他的指控更是极为不利。
靠着这个位置，他可以
很轻松地让别的鼹鼠们填补职位，
并进一步安排抓捕工作。
叛变。洗钱。
此外，他还侮辱、威胁、讹诈
被捕的民族解放阵线人员的妻子们。

总之,他也为此被指控。
在几星期的时间里,他被押在巴黎郊区,
招了供。在类似的条件下,一个无辜的人
也会招供。确实如此,
但这并不意味着他是无辜的,
远非如此。在审判过程中,
没有律师也没有法庭。
审前拘留是在某个居民楼里
进行的。他很快就明白自己将要面对的
是什么。在最开始的几天,他就用刮胡子的
刀片割脉,但要死也没那么容易。
他希望被扔到森林里去,然后死在那里。
但迅速的司法系统也没想让他死得那么快。
他得救了。几周后他被勒死,
尸体在六月底沉入了塞纳河。
清洗算账等等工作
才刚刚开了个头。

安妮特反对死刑。

在这种情况下也是这样?

不管哪种情况都一样。

她的愤慨也是有底线的。

在她九十多年的生命里,安妮特
所认识的或遇到过的,她接触过的
或熟悉的,就像是充满陌生事物的大海,
尤恩西是一个几乎辨认不出的身影,
一张转瞬即逝的脸,这张脸她在一九五九年
见过几次,之后在一九六一年还见过一次。
这张脸就像在时间的大海上暂时
冒出的一个头,没过多久就又消失了。
但这样一个毫不起眼、阴暗的角色
却是她生命中的障碍,挡住她去路的石头,
从此,她生命中的一切出现了转变。

在邮件包裹炸弹被特工部门
安全拆除之后,她这边也出现了
危机:安妮特的头发又是深金色的了,
就和她出生时一样,但她从法国逃亡
出来的很长一段时间,头发都不是这个颜色。
如今在一九六一年七月,在突尼斯和突尼斯人心中,
金发并不是审美的理想,
而是一种侮辱,是一块红布头,
后面是一只红手,殖民者在被殖民者面前
晃了晃那只手。被殖民者?突尼斯

不是好几年前就是一个拥有主权的
自由国家的首都吗？确实如此。
但是法国每次离开的时候，又没有
完全离开。只要可能，不仅是人、
机构、语言、建筑，它还牢牢
咬住一个国家的一小部分甚至是
一大部分地区，比如后来在阿尔及利亚的
沙漠里。在突尼斯，它咬住的区域不大，
但具有重要的战略意义，
是即将离开的法国人迫切想控制住的。
好好好，我们走，但有个条件，
那就是作为海军基地的比塞大归我们。
在很长一段时间里，双方和平相处，
直到一九六一年的夏天出现问题，
战事爆发，造成数百人死亡，
而法国方面死亡人数只有二十出头。
之后不久，胜利的一方清场，
其实都是迟早要发生的事，
也不可能有别的结果。自此以后，比塞大
属于突尼斯。那为什么要发动这场
小型战争呢？为了不让法国丢脸，
数百人失去了生命。其他人都憎恶
法国人和一切与法国有关的事物。
因为安妮特没穿正面印有"我被判十年，

因为我帮助过民族解放阵线"字样的
T恤衫,很难把一头金发的她和其他的
法国人分开。她当然知道她自己是谁,
她想的是什么,
但她不知道自己身处险境,直到一天晚上
她从诊所出来,在回家的路上,她的车
被咆哮着的仇恨法国的人围住了。
这辆车是菲亚特1100,很快就要被掀翻,
警察站在一旁,摇了摇拇指,
她在车里也跟着车被翻了过去。
那次虽然只是吃了一惊而已,但自此以后,
她宁愿不再是金发了,而是黑发,甚至是
比突尼斯妇女的黑发更黑的头发。
这也不总是有用,不过染黑的头发还是帮她
安全度过了夏天。在十月,法国赢得了胜利,
之后马上让步。比塞大以后都是突尼斯的,
而安妮特飘动头发的颜色又变了回来。

之前还是八月,她真的去了意大利,
坐的是船,确切地说,是一艘游艇。
乔和孩子们也在路上。途中没有任何
检查。他们都安全抵达,就是少了
弥莉娅姆,她最小的孩子,乔最终
还是没有把她也带上。安妮特很生气,

这是其次，更重要的是她很伤心。
这个小姑娘已经一岁大了，在她逃亡前，
她只和自己的小女儿一起待了几个星期。
三个孩子也早已散到了各个地方。
弥莉娅姆不跟着乔，而是跟着爱莉舍
和卢锡安。安妮特的母亲小玛特把吉鲁
带到了布列塔尼的老家。只有大儿子让-亨里
还和父亲乔一起住在家里，也就是说，
他大多数时间跟邻居在一起。
家庭散了。安妮特也是。那现在呢?
是度假吗? 是的。他们到了波托菲诺，
有几周的时间。因为过去的种种，她
现在应该放弃度假，让关系变得更糟吗?
见到她的两个儿子，她很开心。
乔是个好父亲，可惜他一开始就常出轨，
但不管怎样，还是个好父亲。这几个月来，
安妮特也出轨。他们知道对方出轨的事。
但和孩子们做什么呢? 安妮特要么不做什么，
要做就要都做，可能要求有点高，
而没有朋友在身边，
让-亨里对非洲没什么兴趣。
然后，假期就结束了。

然后又有了新的希望和新的协定。

过不了多长时间,阿尔及利亚就会独立,
独立之后,如果她确信自己还要在
这个国家待上一段时间,还有一个
稳定的住处,那么这三个孩子
都可以跟着
她。

要不了多久还是显得很长很长。
但在秋天,乔突然向她宣布,
中间这个九岁的二儿子吉鲁
会藏在一个汽车后备厢
过瑞士边境,然后坐飞机
去找她。一位女朋友会帮他。
好啊!儿子要来!满是幸福和喜悦,
还有她想把事情都做得对,但也许
没有什么是"对"的,有太多的事
太困难了。先说学校。吉鲁上不了
法语学校,因为他的母亲是恐怖分子
(他有假证件,但好像证件还是不够格)。
在另一所学校,他被当成了孤儿。
那里有个非常棒的老师,但他常跟人
吵闹,也没心思学习。孤儿比较特殊,
也被人称作烈士遗孤,因为他们的父母
在战争中牺牲了。尽管安妮特已经

跟他解释过了什么是烈士,跟他说了
他既不是孤儿也不是什么烈士的孩子,
他还是振作不起来。最后,还大病
一场。是肺结核。安妮特把这一切
都揽在她一个人身上,不停地责怪自己,
别人怎么劝都没有用。骂的话,
比说自己是乌鸦妈妈都难听,
她把整个世界都逼疯了,朋友、医生、
她的母亲小玛特。小玛特最后
把小男孩带到南斯拉夫的一所疗养院去了。
能治愈,至少他的肺会被看好。之后,
他又回了法国的家。就此,只要她不回法国,
而是流亡在地中海的这一头,
那么安妮特希望孩子在身边的希望
就会完全破灭。

在邻国,阿尔及利亚国旗不再被禁止,
可以升起飘扬的日子指日可待。
八年之后,法国终于即将
赢得战争的胜利,也将失去阿尔及利亚,
就如同已经失去的摩洛哥和突尼斯,
本地治里和印度支那,塞内加尔、多哥
和乍得等等地区,因为人们不会愿意
长期把自己的国家和自己的权利拱手

让给别人，即使是拥护人权的国家。
不过，戴高乐还说：我们不和恐怖分子
对话（而他却与民族解放阵线进行
秘密会谈）。他又谈到不久之后
就会成为这个新国家第一届总统的
本·贝拉：不可能和一个下士谈判。
即使停火稍有延迟，我们也要知道，
本·贝拉在前一次世界大战中冒着
生命危险，为意大利、法国和德国
抵抗德国人的统治获得自由而奋战过。
当然说的是那特定一部分的德国人……
他参与了惨烈的卡西诺战役，他的
两个兄弟阵亡，他获得了戴高乐
亲自授予贴在胸前的最高勋章，
这是他这个级别所能得到的最高
荣誉。他没有升到军官级别
跟缺乏个人功绩无关。
法国军队里的阿尔及利亚士兵
参与抗战并愿意为之牺牲，
但通常说来，他们不可能
晋升到高级军官。只有一个人，也就是
拉法·艾哈迈德，他坐到了准将的位置，
准确地说，戴高乐在他职业生涯晚期
也得到了这个军衔，虽然并非终生享有。

他没能获得最高级别的军衔,
因为他得去英国……等等。
说点题外话。请原谅。

和这些没有军衔和名字的黑帮分子,
或者说就是和这些奇怪的阿拉伯人,
一九六二年初,谈判正式开始。
三月中旬,在莱芒湖畔的依云,
双方达成了停火协议。之后,
死亡人数上升,因为最顽固的
殖民主义煽动者(自称为
法国秘密军组织)已经闻到了
自我表决的气息,所以到处乱杀人。
依云的镇长相信停火能实现,他竟然
如此大胆,敢把下级谈判人员
接到自己家里留宿。因为没有人知道他,
而这场战争中数十万受害者中也没有人记得他,
那就让我们来缅怀卡米尔·布朗,
这位社会主义者、前抵抗运动成员、依云镇镇长。
在我们和安妮特通向未来目标的路上,
这只是短暂的停留。他没能亲眼看到目标实现:
争取自由,创建一个新的国家,国家命运不是
法国掌握,而是他接纳的阿尔及利亚人。

依云镇的镇长已经死了。但谈判
却仍然继续进行,并最终达成了
协议。其中一条是大赦所有在这场战争中
被定罪的人,包括投炸弹的男女战士、
民族解放阵线的指挥官,
还有那些被判死刑但还没有执行的人,
雅西夫·萨迪和其他的人将根据协议
被释放。安妮特的情况却不一样。
她虽然把自己给释放了,但还是
很多年不能回家,不能回到她的孩子身边。
类似的还有其他因参与而被判刑的法国人。
虽然大赦令也适用于法国人,
但是要求是他们是军人并受到过酷刑。
大赦令不适用于行李搬运工和逃亡者。
民族解放阵线已经争取到了他们所能
争取到的。他们这边的法国人当然
值得尊重,但在谈判中,他们不是
优先考虑的对象。他们确实倒霉。
或许之后还有一个大赦令?或许吧。
希望还是有用的。

被释放的人里面,有安妮特
在莱斯鲍梅特监狱的狱友们,
大多数是阿尔及利亚人,其中有

贾米拉·博耶尔德，她是个好狱友。
一九六二年四月，安妮特的老熟人抵达了突尼斯，
邻国已开始建立，而激烈的战斗还在进行。
这些女战士们受到了热烈的欢迎，
并被安排到拉马尔萨时尚近郊的
萨朗波别墅住宿。她们在那里
开心地给自己腿上涂抹黏稠的焦糖，
然后既开心又痛苦地把糖和粘着的腿毛
一起撕下来。
她们沐浴在自己的荣耀之中，
她们的脑海里正设计着一个
社会主义的阿尔及利亚。在这个新的国家，
她们这些女战士不再仅仅是妻子和母亲。
但后来发生的却有些不同。
其中，法国文化中心之后会搬到萨朗波别墅，
推广宣传法国语言和文化。
别墅的名字早已帮着作了宣传：
这也是福楼拜一部作品及其主人公的名字，
阿米尔卡的一个女儿就是以此而得名的。
可以注意到法国人总会在要离开的地方留下什么。
确实到处都有他们的足迹，即使是
不属于他们的地方或是他们自己
不想去的地方。比如说，新的国旗就是
由一个法国人埃米莉·布斯奎特设计的。

被释放的人里面还有下士本·贝拉。
就在他和其他四位民族解放阵线的
领导人乘坐的飞机在摩洛哥和
突尼斯之间被法国特工劫持后，
自一九五六年十月起，他们就一起
坐牢。安妮特跟他说了话，因为
在突尼斯的民族解放阵线人员
都相互认识。在这种不稳定的
权力机构中，有很多她不知道的事，
尽管所有跟她打交道而且有话要说的人
法语都说得很好，还都在法国上过学。
这个将要成立的国家的领导人会不会
关心广大的民众？
他们是否愿意与所有人分享财富？
还是仅仅会把法国的精英替换成
阿尔及利亚自己的精英？
独立真的会给那些没饭吃
上不起学的人带来改变吗？
这些都是安妮特心中的问题，
一旦她信任谁，就会跟谁提这些问题。
本·贝拉是唯一一个对农民和妇女
表现出关心的人。农民占未来
国家人口的大多数。妇女虽然

没占到大多数，但也是半边天。
她可以跟贝拉敞开心扉无所不谈，
谈她不喜欢的或是特别担心的事；
宗族思维；仅为权力而作的斗争
及其惯用的权权交易的伎俩。
她开始信任眼前的这个人，他问了
她对医疗保健的看法。说不定
她可以给这个还未出生的国家做点事，
她对自己说。不久之后，他把本·贝拉
叫成了B.B., 用法语念出来就是宝宝
这个词，他别的亲信也这么叫他。
除了任何表现出来的态度，
安妮特还会看一个人说的话和他做的事，
她能看到也相信能看到这个人和他说的话
能不能对得上号，他的想法是不是有点过，
就像一件白得过了头的衬衫一样。
至于本·贝拉，她觉得他不错。
他关心贫农的命运，或许是因为他自己是
贫农，或是他的父母是。
和安妮特最合得来的通常都是些普通人，
在法国这些人被称为谦逊的人，
就好像贫穷如某些富人所希望的那样
和性格品质扯上了关系。
本·贝拉没有怎么读过书，没有在任何大学

上过学。他是一名士兵、一名下士、一名
武器运输员、一名黑帮分子(他抢劫了
奥兰的邮政银行,不是为了装满自己的
腰包,而是为了填满民族解放阵线前身的
钱箱),他也坐了很长时间的牢。
他从中经历了也学到了不少东西。
他过去普通谦逊的话,现在可能不是了,
因为谦逊的人可能会成为一名士兵,
但不太可能会成为一名黑帮分子或是
成为归为恐怖组织的地下机构的领导人。
在此期间,他在马赛生活了一段时间,
还在马赛奥林匹克足球俱乐部踢过球,
甚至在法国杯期间还进了一球。
跟她说话的时候,他会认真地听,
这不太常见。他已经四十六岁了,
但还有男孩的味道,还有点双下巴。
安妮特对自己说:这人不错。也许
她是对的?顺便说一句,本·贝拉
后来结了婚,还领养了三个孩子,
其中一个还有残疾。
老实说,一个彻头彻尾的
大坏蛋会这么做吗?

回头去看,安妮特站在自己旁边

远远地回头看去,相信能看清
之前还在雾里的事物。得益于
我们对早已过去的但对未来而言
仍在过去的事物的先知,我们
相信我们能加入到这个对话中,
摇头或是谴责。对身在其中的人
而言,所有的路都还埋在雾里。
但在突尼斯,安妮特好像就对了一半。
这个人或许不好,但也不坏,
至少要比很多其他人都好。
权力的争夺战正全面展开,
独立也就是几个星期的事。
几十年后也不是很清楚,
这些部队之间究竟发生了什么,
在突尼斯边境等待的部队,
国境内散落于各个马基的游击队,
一直在城市活动的民族解放阵线
下属的联合会的纷争,还有像
本·贝拉那样直接从法国地牢出来
就想获得权力之光的人。
没有女性被列入日程,
这点不会让人感到惊讶,
尤其是想到法国没有女部长。
现在都是这些大嗓门的男子,

他们为这一刻奋斗了多年,或是
在监狱里抑郁着。虽然之间都是
姐妹或是称兄道弟,但兄弟情谊
却薄得可怜,
还不如这个世界上一般兄弟的深。
谁不愿意作出咬牙切齿的妥协加入联盟,
那就等于是自动放弃一切。
一个人可能很坚强勇敢,
但在一个捕食者的笼子里却不可能生存下来。
本·贝拉在还未正式执政的临时政府
有对手和敌人,因此他与
军队及其领导者胡阿里·布迈丁结盟。

所以从一开始就有一只蛀虫,
或是一条蟒蛇。凡是依靠
军队力量,但自己又没有军队的,
那就不可能坐得稳当踏实。
有没有毫无蛀虫的革命、建国
和新开始?很少有。民族解放阵线
曾是以独立自主的国家为目标的运动,
但现在则成了一个党派,还是
这个新的、即将建立的国家唯一的党。
安妮特喜欢本·贝拉的计划:
土地及所谓生产资源的国有化、

社会主义、自治、
第三世界的第三条道路。
希望是如此之大,而蛀虫是如此之小,
所以在这个时刻它消失在了希望里,
就像是酒里的小果蝇。

一九六二年七月一日,终于有了最终
结果。戴高乐和阿尔及利亚的法国人
其实早就知道或猜到,这也就是为什么
他们尽可能推迟公投的时间:
几乎所有的阿尔及利亚人,
准确地说百分之九十九点七二的人
都不想再成为法国的殖民地、法国的
一部分。难道之前就不能问吗?
八年的战争,约五十万人的死,
其中不成比例的是四十五万人
不是法国人(没人知道确切的数字),
直到有人会问,这些土生土长的人
是不是想自己治理?这是一百三十年来
有人第一次问这些当地人。
在法属阿尔及利亚,法国还是跟过去一样,
当时的选举只不过是问问少数
教士和贵族。现在到了一九六二年,
其余的人被第一次征求意见,

他们一致表示要成立自己的国家。
他们可以想象,从现在开始,
会有人经常征询他们的意见。
但他们都错了。
直到一九九一年,才会再一次
问他们,但他们的回答
还是被忽略了。

可怜的阿尔及利亚!可怜的安妮特。
他们都不知道在不久的将来还会遇到什么。
他们对这个新的国家抱有极大的希望
和期待,一切都充满了可能性,没有什么
会固守旧的模式,一切都会变得崭新而美好。
独立马上就要到来,
在公投的前一天,安妮特和阿马拉还带上了
他们的朋友阿卜杜勒哈米德,停着车的
家门口匆忙推起来的锅碗瓢盆比他们人都高。
对安妮特来说,只要阿尔及利亚还是
法国的一部分而她仍被判长期监禁,
这就是有风险的。有人劝她不要去,
但她已下定了决心。她还得去照顾病人。
这些病人先于别的流亡人口
被安排护送回他们在这个新国家的老故乡。
边境上都是想回家的人,

到处都是检查岗。
她出示了假证件,
上面的名字是贾米拉·莫克特菲,
因为非常羞愧,她低头
把鼻子藏在了陌生的面纱里。
他们通过一条小径穿过了莫里斯线
和铁丝网与看不到的地雷隔开的无人区。
小径周围还弥漫着死亡的气息。
刚来时心情无限喜悦,
而现在他们不说话了。
他们小心翼翼地开车,继续往前。
到的第一个地方今天叫欧韦奈,
以前叫克莱尔方丹。当地人像过节一样,
热烈欢迎他们的到来。
他们几乎是第一批自公投以来
从这个地方经过的解放英雄。
当地人拥抱他们,亲吻他们,安妮特也
毫不害羞地会回吻,她没有感到节庆外
任何别的意思。
他们开着车,继续往西开,
直到在夜里,从远处传来欢快的
轰隆声。他们马上就要到
县府康斯坦丁。在阿拉伯人
侵占的一千年前,在法国人

侵占的两百多年前,这座城市
就已存在。空气在颤抖,
将城市变成了乐器,
居民的欢呼声响彻云霄
飞入那许许多多的深渊和沟壑,
飘过城市的边缘地带,
安妮特的菲亚特正慢慢开过去。
公投的两天后,戴高乐
最终承认了阿尔及利亚独立。
人们在街道和小巷中欢呼雀跃,
尽兴舞蹈,管它是阿拉伯安达卢西亚的
马卢夫传统音乐,还是约翰尼·阿利代的
流行音乐,还有跳扭扭舞的,妇女们
发出欢乐的颤音就像在婚礼上一样。
法语里把这种盛况称为 liesse populaire,
这个词来自拉丁语的 laetitia,欢乐的意思,
但 liesse 更多的是纵情欢乐、忘乎所以,
populaire 自然是民众的意思。成千上万的人
整日庆祝欢笑不断,很多双手在空中舞动,
突然,有一双抓住了安妮特的手,那是
默罕默德·达克西的手。她在审判后就没有
再见过他。在消失于长期的刑期之前,
他向她鞠了一躬,她为这个被奴役的国家,
为他的国家付出了那么多年的努力。

现在他们互相拥抱,周围的人也都
彼此拥抱着,不管是女人、孩子、男人,
万一宗教不允许,那么在这些日子里,
就先放下宗教吧。现在统治一切的
是 laetitia,是欢乐。

无论如何,在君士坦丁,在特殊的
日子里,庆祝持续了三天。
其他地方则是仇恨和谋杀。在阿尔及利亚
西部的奥兰,在某个下午,很多
欧洲人被谋杀。民族解放阵线
和新的临时警察搜查他们的住所,
砸开他们的房门,向司机开枪,
向阳台上的妇女开枪。很多人消失了,
他们的尸体永远不会被找到。
在雷克斯电影院旁边,在一个锋利的
肉钩上就有一具尸体被挂了很长时间。
别的地方没那么糟糕,但也好不到哪里去。
这个新国家还没有完全正式成立
就已经沐浴在血泊之中。
杀的不仅是法国人,还有自己人。
阿尔及利亚人屠杀阿尔及利亚人,
因为他们就像所谓的哈基人
在自愿或不自愿的情况下曾为法国人

战斗过，或是与他们的关系太密切，或是
属于另一个派系。为什么安妮特很少听到
关于这一切的消息？她从未感觉自己身处
危险之中，无论是在最初的这些日子里
还是之后，或许她从来没有出现在
屠杀迫害发生的地方，
就像二〇〇五年在法国生活的人
除了在广播和电视上
根本不会知道在几个星期内，
就有一万辆汽车被烧毁。
一定要在事情发生的地方
才能知道，另外，还必须想知道到底
发生了什么。她想知道吗？

一百万法国人，留在独立后的
阿尔及利亚的，大约只有五分之一。
其他人都逃走了。一九六二年的夏天，
安妮特开过边境的时候，大多数人
已经不在了，带着行李或没有行李，
这些人踏上了拥挤不堪的船，向一个陌生的
国家进发。这个国家就是法国。安妮特认为，
他们应该留下。他们本可以留下来的。或许
她也是这么想的，因为她看起来
和逃亡的人没什么两样，至少

和欧洲人一样，如果被认出是
欧洲人的话。除了（仍在突尼斯时）
她的菲亚特有次被翻了车，从来
没有什么意外发生在她的身上。
她觉得阿尔及利亚的法国人害怕
真是有点过头。真的吗？有的人
真的有办法留下来，有的人则没有。
他们担心的不仅仅是自己的性命，
现在他们在这个国家在这个他们
和他们的祖先出生的地方根本不受欢迎。
无论谁有什么，都会被
带走。在二〇一七年还有人
还在法国上庭要求赔偿，
因为估计阿尔及利亚不会给予，
但他们什么也没得到。

安妮特之所以这么天真或许
是因为在最初这微妙的几天或几周里，
她一直和阿马拉在一起，是他的妻子，
虽然这并不符合法律规定。而他不需要
保护她，因为他在她身边就是一种保护。
他们两人加上阿卜杜勒哈米德一共三人，
从康斯坦丁出发开往阿尔及尔南边的
一座城市卜利达。阿卜杜勒哈米德

就住在这儿,所以留下了(曾提到过的
弗朗茨·法农曾在这里工作多年,
是这里一所精神病诊所的主治医生)。
他们两人还要继续往南开到贝鲁瓦吉耶,
到阿马拉的家。任何有兴趣的人一定
都读到过或是听说过,法属阿尔及利亚
是一个种姓制社会,在社会最上层的
当然是法国人。各阶层之间都有接触,
但不是你想的那样,除了一般的交往,
各阶层之间不会有通婚。而现在,
这个国家终于不再属于法国了,
高高在上的法国人摔了下来,
但他们家的儿子阿马拉
却马上把一位法国女子带回了家。
这个女子不仅法国得不行,而且
还比他大十二岁。这一点我们到现在
都还没提到,但说微不足道的话
却也不是,大十二岁还不算,
她还已婚,有三个年幼的孩子
(最小的孩子除我们提到,她并没有说)。
这位陌生的女人、法国人、通奸者、
基督徒(或许比这更糟糕:无神论者)
要作为儿媳妇来迎接,是不是
对阿马拉的父亲要求得过分了?

这位父亲是虔诚的信徒
并按照宗教规定的戒律生活。
坐在菲亚特车里要靠近他们家的时候,
安妮特的心里七上八下的。
阿马拉跟家里的长兄把事情都说了,
所以长兄事先已经提醒过父亲了,
但这又能说明什么呢? 能肯定
有那么多明显的缺陷还会受到欢迎吗?

那位父亲是一个有智慧的人。他并不以
平常人狭隘的眼光来看事物,也不管
你是穆斯林、犹太人还是基督徒。
他的名字叫莫汉德。他的祖父那时
还在跟狮子搏斗,而他的儿子们
现在却要跟几个殖民者战斗。
传奇沉睡在他的胡子里,他的心里装着的是
他的多口之家。站在旁边没过多久,她也会被
接受成为其中一员。安妮特活泼聪明,
她的眼睛有时是绿色的,有时是蓝色的。
重要的是她有与众不同的地方,
这一点弥补了她的缺陷: 她有女英雄的气质,
她帮助过民族解放阵线还因此被判十年监禁。
阿尔及利亚对她来说是一个陌生的国家,
但为了这个国家的自由,她宁愿放弃自己的

自由并将自己置于危险的境地。就凭这些
她足以赢得这位父亲的接纳,赢得
其他家庭成员甚至整个镇子接纳她。
突然多了一位法国女子、准儿媳,
总得跟镇上的人交代一下吧。

在这个家,女人们住在一块儿,
男人们则住在别的地方,房子是围着
一个宽敞的院子建的。安妮特第一次
有了一种模糊的或者说满是幻想的
概念,阿拉伯家庭的居住情况如何,
谁在家庭里都有什么地位,
能自由活动的界限在哪里。
她来到了一个陌生的世界,
但没有妄加评论。
还是确有什么意见?
其实也算不上什么意见,至少她不会这么说,
但每次看到美丽无比的艾莎悲伤的面容,
她也不知道该怎么想。
艾莎没有孩子,把她视为家中年轻的对手。
在留宿的几个星期里,
由于她法国人的身份、医生的头衔、
对民族解放阵线所履行的使命,
她充当了一种介于男女之间的混合角色。

女人们对待她好像是对待一位特殊女性；
与此同时，男人们对待她又好像是对待一位
特殊的男性。她是家里唯一一个什么时候想
跟男人们一起吃饭都可以的女人，是唯一一个
那位父亲在无花果树下接待的女人。
在他身旁，几只家里的羊在那里吃着草。
她已经在琢磨，这以后该是个什么模样？
不仅是这个新国家，还有她的新的爱情，
里面一开始就有一条蛀虫，一个错误。
在这个新的、自由的国家，阿马拉会成为
另外一个人。此外，激情也会变，他们之间的激情
早晚都会不可避免地成为一种痛苦。
贝鲁瓦吉耶！或许一切终究会好起来的。

不久，她会第二次来到阿尔及尔。
第一次来只是来度假的，时间很短。
而这一次，她是来这里生活的。
这里？一切对她来说仍然是那么陌生。
她所做的一切和被判十年的徒刑
都是为了这个国家，为了这个她
还不熟悉的民族。或句话说，
这跟这个特定国家的习俗、语言、
宗教和区域无关，而是为了一个原则
或是一些原则。

她觉得加缪是一个好作家
也是一个真正的好人。
但是和他不同的是,
她把原则放在个例的前面,
尤其是她对个案还一无所知。
她才刚来。
当这对恋人还在卜利达和贝鲁瓦吉耶的时候,
权力斗争已在他们的头顶上决定胜负了。
跟法国人谈判各项事宜的
临时政府比自己希望的
执政时间更短。别的集团
赢得了权力,特别是边防部队,
与出局的马基游击队不同,他们
变得强大而有力,由布迈丁领导。
布迈丁知道,在这个过渡时期,
他不可能独自领导,必须找到
一个他可以操纵的人:他选择了
安妮特在突尼斯认识的
社会主义者本·贝拉。
或许这个事还可以反过来讲。
本·贝拉仰仗军队领导人做靠山。
但肯定的是:从一开始,军队就
上了这条船,只是当时没能掌握控制权。

一会儿过后也坐在船里的乘客安妮特
不是全瞎就是半瞎。现在,她也快
四十岁了,她还一直在梦想着一个国家,
这个国家里没有古拉格统治,
而是真正的兄弟国家,
大家分享财富,共同管理。在法国,
这不会实现了,但这里为什么不可以?
在这个新建立的国家里,
还没有什么工业,也没有说客。
在这里难道不是一切都可以想象,
都有可能吗?不仅都有可能,
都可以想象,有些事情还真的正在变成
现实。几个月前还不是这样,但现在
她在一个部里(确切地说是卫生部)
得到了一个职位,那里接触的人
不是因为工作,她"都不愿打招呼"
(安妮特原话)。从远处回头看,
也就是今天,她看那时的自己或许
有些惊讶,也有些羞愧。那时的她
看到的只是在这个国家什么是可能的
什么是必须的。这个国家过去只有
很少的医生,现在更是如此。
更多的是肺结核、斑疹伤寒、霍乱
和严重的饥荒。救人性命、减轻痛苦,

不仅是这一次或那一次,就像
每个医生都在做的或应该做的,
而且要协助在全国推广接种疫苗等
普遍益民措施,还有就是培训医生
和护士。这有什么不对的吗?这是
政治还是爱心?这是野心还是奉献?
不可能说得很确切,除此之外,这
又有什么关系?不是结果最重要吗?

从现在开始就几乎没有夜晚了,
如果夜晚指的是休息的话,
也就是放松和睡眠。要做的事
多得离谱,每天二十四小时、
四十八小时也做不完,几个月
或是几年也真忙不过来。很容易
想到的是西西弗斯,他看到了山,
要把石头推上去,但这座山
是如此巨大,在安妮特的眼中
都没有山顶:从哪儿开始呢?
首先,我们需要新的医生,
老的医生大多已经去了法国。
档案和医院设施部分被毁。
"黑脚"中的狂热分子直到最后一天
还想通过谋杀的方式来保住殖民地。

用他们的话来说就是：好吧，我们走，
这是你们想要的，但走之前一切
都会被打个稀巴烂，完事了，你们
就可以都去死了。

在新的部里，安妮特将负责
教育和研究工作。
部长是内卡奇，安妮特在突尼斯
就认识，当时他负责照顾
驻扎边境的阿尔及利亚军队的
伤病人员。就像之前对本·贝拉，
安妮特有种感觉，
或是她做出了诊断，
这个能免费为穷人治病的医生，
他应该不是什么坏人。
她看到他会不遗余力地
让人们的生活变得更好。
他对头衔和钱都不感兴趣，
就和她一样，他所关心的
是让世界变得更美好，
更美好的意思是，比如，儿童
不再死亡，或是更少的儿童死亡。
这是她对这个人的印象，很可能，
不，她也不是完全确定，现在

知道的就是,他在上一次世界大战期间
曾被德国的反间谍机构招募,
直到五十年代还跟一个名为理查德·克里斯曼的人
保持联系。克里斯曼已不再是
反间谍机构的人,而是为德国
联邦情报局工作。看起来,
就好像阿登纳时期的德国
在德法友谊关系密切的那几年
却秘密地支持恐怖分子,
或是一方认为的自由战士,
而另一方认为的恐怖分子,
也就是民族解放阵线。

事情确实可以像这样发展,如果仔细观察的话,
能怎么做,最好要保持很远的距离,
无论如何,不能像安妮特那样,
被埋在了现在的沙子里。可以看到,在那个时代,
几乎每个人都隐藏了什么,几乎每个有权力的人
或是想拥有权力的人也没有想去做
一些好事,比如说:人人有学上、
平等公民权利、有班上、有医疗服务。
内卡奇这个不起眼的人也是这样。
风度翩翩的本·贝拉估计也是如此,
他把自己的敌人和竞争对手都关进了

监狱，或许其他人如果坐在他的位置上
大致也会那么做的。
贝拉在很短的时间里不仅成了总统，
还成了唯一党派的党魁，最后还成了
内政部长，或者说，包揽了所有事务。
这些都是真的，她能看到，
肯定能看到所有的这一切，
她不可能错过，但她更希望
这种新的转变，这一新的开始能够成功。
她看到渴望权力的个人和其他
不同的集团，没有一个强大的人物怎么行？
和其他可以取代他位置的人相比，
她认为B.B.不仅无害，还相当友好。
他所希望的并在逐渐实现的
是类似南斯拉夫那样的社会主义，
而最好不要像苏联。
这正是她期盼已久的社会主义，
或许更适合于
梦想而不是实现。

民主？谁能不能解释一下，在这个国家
在一夜之间怎样才能实现？
这个国家的绝大部分人口不会读写，
因为在过去的一百三十年里认为

民众没有认字的必要。
所谓的自由的意见,也就是能在
什么地方打个叉,
其实都看不懂内容。
好啦好啦,对是否想独立的问题,
阿尔及利亚人即使不能读写
也可以完全理解。
但选举并不是是和否那么简单。
社会主义者和今天极左翼的守卫者
路易·奥古斯特·布朗基早在八十年前
就认为,革命胜利后需要一年或十年
的独裁统治,因为被长期奴役的人
必须首先学会自由地生存和思考。
安妮特把布朗基的名言"既无神也无主"
作为自己的座右铭。布朗基没有解释的是,
一年或十年后该如何摆脱独裁统治者。
布朗基之前的麦考利勋爵则有不同的观点:
一个民族只有知道了如何使用自由
才是自由的。他想到了一个古老的
寓言故事,一个傻子只有知道了
怎么游泳后才会下水。

但是还有其他事情要做,而不是老想着
这些关于权力的历史。摆在面前的

是一个约有九百万人口的民族，被饥饿和疾病
所困扰，而这儿只有一百位医生，或最多三百位。
在上面是不是有人控制了三个部，这有什么重要的。
她继续工作。三年来，她没做别的什么事。

这不就是好像我们，比如说，一个德国人，
和一个意大利人，突然要去玻利维亚
扩建并管理学校和卫生系统？
在这个遥远的异国他乡，
她不是完全迷失了吗？
这个国家的领土一直延伸到沙漠，
而沙漠面积是法国的四倍。在这片土地上，
几乎所有需要医疗的人都说一种神秘的语言，
难道他们都喜欢在喉咙里发音？

不是。是。不是是指很多
政府和内阁成员也感到很迷失，
因为他们在法国当过兵，
坐过牢，当过学生
（在法国本土而不是殖民地），
所以他们对自己的国家
了解不多。他们中有谁
对在卡拜尔或是撒哈拉沙漠的
游牧生活感兴趣过？他们中

很多人法语说得比阿拉伯语好。
但这是另一回事。在安妮特看来,
他们疏远宗教,表现得法国化、世俗化,
一点儿都不社会主义,但他们还是
吸收了一些东西,以此取得了这个国家
和居民的信任。而这些东西就是
风俗习惯和宗教礼仪。宗教会变得
异常重要,或是已经很重要了
(这里指的宗教将神秘主义与政治
混为一谈,实现了团结统一)。
这些关于信仰的事,她并没有意识到,
也许是她根本就不想知道。这也不会是
第一次有人没看到不想看到的东西,
因为与全局格格不入,不过
这在每个人身上都会发生。
她当然还是外国人,对所有的问题
也不可能都有能力回答。
但经历了八年的战争迫害,
本地的医生、教师、记者不断失踪,
所以现在到处都需要用人。
上过大学的人之前就不多,
但他们中转入地下或马基的比例却很高。
大多数人没有被法国人杀害
或只是间接地通过法国特工部门的

巧妙操纵被民族解放阵线怀疑，
民族解放战线的人是如此的愚蠢
又是如此的友好，
在多次疯狂的清扫行动中
除掉了那些人。
一九六二年的情况是，只要是学过点东西也愿意
做事的人都派得上用场。

等一下：起先的想法不是独立自主吗？
难道阿尔及利亚不应该自己
管理自己的国家吗？是的。
但也有人为民族解放阵线工作过，
还为此坐过牢，或是会坐十年的牢，
这个人在建国初比西迪·贝勒·阿贝斯
更像是个阿尔及利亚人。
西迪·贝勒·阿贝斯什么都没做，
或许还站在了法国人一边。
为了证明上面说的这一点，
一九六二年十一月，安妮特非常惊讶地
收到了总统本·贝拉亲自寄来的公民申请。
数月前，都还没有国家公民一说。
她该怎么做呢？她要的是社会主义，
是国际主义，而不是什么公民身份。
她有的那一个已经让她受够了。

至于这一个她感觉自己不是
很阿尔及利亚。
但是这是个礼物,怎么处理礼物呢?
接受、表示感谢。十一月初,
在那一天,基督徒纪念他们的圣灵,
下午或第二天早上纪念死者,就在
这一天,她成为了阿尔及利亚公民
(她的法国公民身份仍然保留)。
这也是阿尔及利亚人自己选择的第一个
国假日,等于是他们的七月十四,因为
在一九五四年的这一天,反对法国的革命起义爆发。

说点题外话:谁都知道,巴士底狱
是一座可怕的监狱。被扣押的大多是
贵族,他们家族不知什么原因
更愿意让这些人待在监狱里。一七八九年,
巴士底狱只有七名囚犯。一九五四年,
在十一月的袭击中,有四名法国平民被杀,
其中两名是年轻的小学教师、
一名出租车司机和一名林业工人。
除此之外,三名士兵和一名军官丧命。
还有两个阿尔及利亚人。那么现在
这一天倒成了法定假日?可以说,
国家节日纪念的不是之前在那一天

发生的事,而是与之联系起来的东西,
也就是说是一种符号,和发生的事情
几乎没有什么关系,不管被谋杀或是
被解放的人有多少,这一天都代表着
解放。

当安妮特与其他的阿尔及利亚人
和来自世界各地特别是新近来自
第三世界的人一起工作一起努力的时候,
他们的头顶上飘来了乌云。
云的形状是我们今天能看到的面孔,
这些面孔后面的是军队,即所谓的
民族解放阵线边防军。
没有人知道这支军队到底是什么,
唯一知道的是他们是胜利者。
有一张脸,又长又尖像刀刃一般,
是后来成为叛徒的布迈丁,
他站在边防士兵的前面,在本·贝拉的
领导下,一直是国防部长兼副主席。
还有这张脸,他人很矮小,
身高和身宽差不多,二十五岁,
五十五年后还坐在轮椅上或是
在法国瑞士豪华诊所的床上
统治着这个国家。他也来自

边防军队,开始的时候
并没什么坏处,暴政还在孵化,
他是青年、体育和旅游部长。
在最后旅游这项上,他没有
很多工作要做。谁又想现在
就去度假呢?
战争结束了,战争又继续。
很多人被谋杀。但是还有些人
不顾一切,同情的人、帮忙的人,
还有安妮特的母亲小玛特。
小玛特现在有六十来岁了,
她只有这么个女儿。
在阿尔格农河的小村庄
勒吉尔多把这个女儿拉扯大。
这个女儿要将世界从一切罪恶中
拯救出来并治愈它。在地中海的这一边,
她现在是政府的一员。
小玛特急于想知道那里的情况如何,
她的女儿吃得多不多,睡得够不够。
所以小玛特就这么来了。
那时,欧洲人正大规模逃离,
但她像是一个幽灵司机,正朝着反方向开。
安妮特有很多事要做,有时就把她
带上,她也可以看看

这个陌生的国家。有一回出门,
司机打着盹,安妮特开着车,
旁边的小玛特跟她说着外孙们的事儿,
突然有辆车从后面抄了上来,还按了喇叭,
不要脸地就这么插了过去。
安妮特他们不得不马上停车,
想骂人,也骂了人,直到
从那嚣张的车里走下了一个人,
一看是本·贝拉。双方寒暄来寒暄去。
小玛特碰上了总统。

碰巧路边有家咖啡馆,
而路的另一边是法国一个营的部队,
因为依云协定协议法军在之后的几年
逐步撤离。所有从车上下来的人
都一起去咖啡馆喝一杯。咖啡馆里
到处都是法国士兵。总统!所有人
把本·贝拉团团围住,跟他握手,
感到荣幸。显然,他们都忘了,
这个人不久前还是恐怖分子、
威胁国家安全的人,还在法国的监狱里
坐牢。速度就是那么快!
职位、头衔:总统。
就是这样。

一切既简单又无比困难。说简单,
是因为政府的行政程序没有大的规章,
每个人都在处理最紧急的事务,就是
这些也都很难及时处理。处理的地点
也不管是何处,只要是安妮特能想到的,
比如说,晚上在部长或是总统的公寓。
她在合适的时间和合适的人在一起,
在有些人眼里,这些可能不重要,
只是一种非正式的、友好的关系而已,
没有任何的奢侈,也没有特别可炫耀的。
比如说,内卡特就住在
一个简单的三层公寓。

可能是缺陷,也可能是优势,但是
安妮特非常敏感的是:
该怎么说呢? 最好是这么说吧:
一个人的本质,她对这个人的
印象。他是真心实意的吗? 他是
装成这样的? 还是他就是这样的人。
大规模土地国有化、自治、社会主义。
是的,她支持这些,认为这些
是最好的解决办法。要不是本·贝拉、
内卡奇和别的一些人,要不是他们

信任她,她是不可能成为政府一员的。
她有可能错了。她是真的错了吗?
难道不是因为她没意识到很多事情
或是之后才意识到或是意识到时已为时太晚?

她有所谓似曾相识的经历,也就是说,
她能事先预见到某些事,
所以就全身心地投入到工作中去。
抵抗运动与反对占领者的解放斗争
有什么不同? 对她而言,
这两者同样都是反抗,只是她这一次
站在了占领者或之前占领者的一方。
第二个平行点是,她把解放斗争看成是
动荡的同义词。
占领者走了,新的社会来了。
如果只是把最上层的一万人换成一批新的话,
那斗争还有什么意义? 一九四五年,包括她在内的
所有共产主义者都在这场胜利中被欺骗了,
因为实现的并非他们冒着生命危险想获得的。
现在怎么办? 她已经看到了在她周围出现的
新的资产阶级,旧的集团正在抢夺新的特权。
内卡奇和本·贝拉不一样,至少她是
这么看的,她相信他们,而其他的事,
她虽然担心,但也就睁一只眼闭一只眼。

她有自己的工作。她有爱情。这真是
不差！有多少人两样都没有。
是她有爱情还是爱情有了她？
阿马拉慢慢变了，
他看她的眼神带着异样，
如果他还会看着她的话。
她经常在全国各地跑了解卫生情况，
还跑到遥远的绿洲，
那里只有很少人会说法语，
因此她身边总要带着翻译。
她学习沙漠居民的手势。
还学习阿拉伯语，
但没过几分钟就放弃了，
因为她语言的天赋跟革命的天赋没法比。
阿马拉也是常出门在外。和朋友们在一起。
他曾在一个部里工作过，都在国外，
而这个国家当时还不存在。
现在有工作的地方，阿马拉不想去，
他不想工作，特别是不想
为哪个让人无法忍受但一定要
忍受的上司工作。
政府在突尼斯的时候，他工作过的地方
是国家安全局或间谍处。

独立后，这些机构不再由布苏夫主管，
而是布迈丁来管。
他所属的布苏夫男孩，不像名字那样
听起来没什么害处。
新的国家不欢迎他们。
有位领导在另一位领导的帮助下
把他们给解散了，
这对本·贝拉很有利。
但终究还是有些人溜进了
秘密警察部队或是为布迈丁工作。
阿马拉不想为布迈丁工作，因为对方不信任他。
可能是在独立前阿马拉的期望过高。
对解决棘手的问题，应该说是全部的问题，
他期望都过高了。
在经历了期待已久的战争胜利的
欢乐和陶醉后，失望在他心里蔓延开了。
事实就是这样，更不是历史上第一次发生，
最初的时候就只有爱爱爱，之后要面对的是，
一个是这样，另一个完全是那样的不同。
有人把这称之为"文化背景"，
尽管这背景不在人身后，
而是在人的心灵深处。
另外，安妮特有个很高的职位，而他没有，
即使是他不想要，那对于自信心也是打击。

此外,她有两段婚姻。情人估计超过两个。
她活得像一两代之后的女性。
她会继续这么活着。
妒忌。相当可怕的场面!
来得迅速而彻底。不久就是结束,
阿马拉离开了安妮特。

她掉进了一个深坑,
因为这个男人不知身上有什么东西,
她不能很快忘怀,
甚至五年后还想着他。
肌肤相亲、眼神相对,一见钟情
其实很少有什么未来,思念有时会爆发,
特别严重的话,会一辈子都淤积
在心头。

她曾有过工作。她曾有过爱情。
她现在还有工作,甚至比以前更忙,
而她所拥有的却越来越少。
她和同事一起为抵制沙眼的传播
而战斗。沙眼是一种眼病,可以
导致失明。另外,还有其他的疾病
也在这个国家肆虐。而此刻的她,
正如她自己无可避免地意识到的那样,

似乎也患上了一种眼盲症,
这种病没有有效的治疗,
只能靠一场猛烈的晃动,
一场冷水浴,就如她一九六五年
六月十九日清晨泼向自己脸上的水。

有人在早上五点给她家打了电话。
电话那头只想知道她在不在家,
连早上好的招呼都不打。她没时间
再回床上睡一会儿,因为又有人
打来电话,是位好友,他不仅道了
早安,还说了什么
街上有坦克。这几天,阿尔及尔的
市中心在拍一部电影。
之前就提到过,而拍的是
所谓的阿尔及尔之战,背景音乐是
莫里康内和巴赫。这次拍摄
多辆坦克经过城市。军方
乘此机会,在不招人耳目的情况下,
派上了真坦克进入首都。别忘了,
这是拍摄!电话另一头的朋友觉得
太可疑了。刹那间,
她眼前一亮,像是
沉沉的窗帘被拉起,她看到了

所有一直都不想看到的也没有看到的，
布迈丁上校削长的身影，布特弗利卡部长
眯着的眼睛。
这就是所谓的欧吉达集团，
或是他们的一部分。
他们认为在政治权力上
被本·贝拉压制，也根本不打算接受或是
容忍这种压制，特别是他们有坦克，
因此，很明显，他们才是
最大的压制力量。

安妮特很快往身上套了条裙子，
大约在五点十分，她离开了住处。
她应该去哪里？她听说本·贝拉
和内卡奇已被捕，
她自己也不安全。
她想了想应该找哪个朋友。
一个朋友把她开到了一个寄生虫学家的
豪宅门口，这里可能是个不错的选择，
但她还是决定去 D 家，
从他们家的花园出来
再经过一个地下的小教堂就可以到达
英国大使馆的花园。
以防万一。

不知道是巧还是不巧：
D一家后天要出门，是去度假，
听上去很奇怪，因为他们度假的时候，
其他人在搞政变。
安妮特除了等待和胡思乱想什么也做不了。
她把这些年所做的和没做的一切
在脑子里过了一遍又一遍再一遍，
就像重重的石头一遍遍滚过她的胸口。

她就这样一个人在外面没有人
能看见的两个房间里待了五周。晚上，
她就待在墙内的露台上，露台像
望远镜似的指着星空，而答案
只等待那些知道如何解读的人。
几个知情的朋友给她送吃的和报纸，
所以她很快就知道谁被捕了，
谁还没有。她还有一台收音机，
她把它放在没有窗户的浴室里。
收音机里先是传来长长的军事音乐，
最后才是新闻：
阿尔及利亚现在
已经摆脱了这个危险的暴君
以及托洛茨基主义的耳语者
和顾问，其中许多人来自国外。

原来如此。是这样吗? 本·贝拉
有很大的权力,这是不错。
但听起来很奇怪也让人惊讶的是,
一边批评,一边自己上位的
这个人就是军队的领导人。
他会在自我任命的职位上待到永远,
直到这个国家唯一一个比他更有权力的,
也就是死亡,以免疫细胞瘤的名义
(这种疾病是由一个外国人发现的,顽劣
但很难防护)在他执政十四年后将他废黜。

安妮特不想再待下去了。经历了
几周的自我禁闭,她已经受不了
她自己、这个国家,甚至是星星
还有幻觉。她到底做了什么?
为什么? 为独立吗? 为解放吗?
现在每个角落都有坦克,
没有人敢开口说话。
就为了军队的恐怖统治,
她将失去幼小的、刚出生不久的
弥莉娅姆,还有让-亨里和吉鲁吗?
怎么会这样?

不可能是这样,也不允许是这样,

她可能还没有看清现在所看到的
一切,或是还没能清清楚楚地看到,
这期待已久的国家的诞生,
从一开始就出现了问题。
从一开始意图就不在于结盟,
不在于对创建的社会设想的偏离,
而在于集团利益,
在于一部分人。
她所青睐的总统知道如何聪明地斡旋,
但他一个人不可能执政,
他不得不与人合作,
不得不与恶魔或是恶魔般的人物联合,
而他自己其实也是那样的人。
在建国前,还有临时政府和反对派,
还有费尔哈特·阿巴斯、克里姆·贝尔卡切姆、
穆罕默德·布迪亚夫,
他们都去了哪里?
死刑、坐牢、流亡。

她曾对自己说: 怎么说呢? 被压迫了那么久,
又该怎么办呢? 之前在这儿的是法国没错,
但并没有实行民主,而现在怎么可能
一夜之间就能成就民主呢?
有足够多的借口,如果想找借口的话。

但如果本来就是压迫者,
对安妮特来说,这不针对任何个人,
如果本来就属于压迫者的集团,
那么这些人本能地会倾向于为压迫作辩解,
在被压迫者身上
找错误和恶习。

在藏身之所,她除了真相外,别的什么
都不会去想。她之前没有看到真相,
而现在真相才第一次入了她的眼。
真相就是,她为了这个自主独立的国家
失去了一切,而这个国家在很短的时间内
就变成了一个军事政权。幸运的是,
在她藏身的地方,她不知道,
这个新政权将持续几十年
那么长的时间。

已经晚了。自然是为时已晚。
能犯的错已经都犯了,只是
对每个人的后果不一样而已。
不是每个人都活了下来。
而有些人则是因祸得福。
她没那么幸运。
她随身带着已变成了

一种痛苦的错误,推着它
爬上岁月的山坡,每一次,
当她觉得已经到顶的时候,
面前又出现了一条新的山脊,
她得推着它继续向上爬去。就这样
一百年。

靠着加拿大使馆专员给她送来的
一条花哨的裙子,靠着支持她的
几个忠实的朋友、来解救她的
律师乔治·基耶日曼,
特别是靠着运气,
她可以在一个漫长的夏天结束的时候
离开这个国家。她曾为这个国家的独立
和建国奋斗过,为此,她还接受了
牢狱和流放的命运。一切都结束了。
永别了,阿尔及利亚!永别了,你
美好的希望,你的自主和自治,你
共享的伟大!

想要进步的人现在都步调一致了,
而这从本·贝拉就开始了。
这个国家的第一位总统最终
将比可恨的殖民者在阿尔及利亚的

监狱里度过更长的时间。
他的内阁几乎全部投靠了
这位新的强者。这不仅说明了
这些忠诚的人是如此的不堪,
更表明了这场政变意在
最高层的人事变动,而不在于
实行一套全新的政策。

那么现在安妮特要去哪里呢?
她的母亲和她的祖国,只要
没有大赦,还要等很多年
才会向她敞开大门。她最近
被迫接受的第二国籍对她现在的
情形而言根本没什么用处了。
为什么不去罗马?她不就是
经由罗马来的这儿吗?从那儿
再经过维也纳(我们快速地
去参加一个神经病学大会)直到瑞士。
瑞士是当时的第一站,现在成了最后一站。
她会在这儿留下来,尽管还有别的国家
愿意接受她,比如古巴。
不用了,谢谢。
"一个小角落的幻觉"(安妮特原话)
还是可以保留的。在瑞士联邦,

在可以预见的未来
应该不会有政变。不过，这并不是
安妮特选择这个地方的原因。

因为她在国外，也就是不在法国境内，
而且一直在通缉名单上，
在被允许的城市中，
日内瓦离马赛最近，
也就是说离她的孩子们最近。
除此之外，都灵和圣雷莫也可以选，
但那两个城市没有工作机会，
所以就选日内瓦，在大学医院工作。
现在可以静下心来了。不是吗?
不是在开玩笑吧?
还有很多她想为世界变得更美好作出的努力，
但是没有那么宏伟
(仍然远远超出我们一生所能做到的)。
在这里不一一举例了。
我们直接跳过四五十年。
当然在脑子里和在纸上确实不难，
但那实实在在的几十年也很难概括，
很多事都缠绕在一起模糊不清了。
但总的来说，还是不可能都省略掉。
在跳到未来之前，在越过里程碑之前，

还有些关于孩子们的事:尽管在法国
被抓住的话,等待她的将是长年的徒刑,
在日内瓦最初的几年,她还是带着
假证件和假名字,到南法来了,直到
大赦敲开边境的大门。她一会儿到这儿,
一会儿到那儿,看朋友、公婆,
还去寄宿学校把孩子抱在怀里,
紧紧地抱着。每一次,
她都能感到同样一种无名的痛。
揭开的痛处是,对她自己的孩子来说,
她成了一个陌生人。

孩子们长大了,过上了自己的生活,
其中两个先于她去世了。安妮特
要推上山头的石头越来越大,
而山峰也越来越高。在重压之下,
她的背开始慢慢驼了。
她的头发白了,她的眼睛
在浅绿色和冬日里的天蓝色间
变幻着。做医生和做研究
总有到头的时候,她想再回到法国,
她最终被赦免可以回去了。近三十年来
她没有生活在日内瓦,而是住在
书里开头提到的迪约勒菲的

一座窄窄的房子里。
迪约勒菲在德龙省，离韦科尔很近，
这里曾是抵抗运动的根据地。就在迪约勒菲
这个小地方，在战争和被占期间，
来的大多数是意大利人，
他们管得没那么严，
在那里寻求避难的人中，没有一个人
被当地居民告发出卖。
这里有很多的新教徒。一九四四年，安妮特
骑着自行车来，她很喜欢这儿。
她后来到这儿定居和告发的事没有
一点儿关系。这样的事在迪约勒菲
从没有发生过。但说只是巧合
也似乎有点儿牵强。
谁又知道呢?

上帝或是别的什么人让她住在这儿，
一个人，小小的、皱皱的。
只是有点儿皱皱的，
而且只是外表。
她的内心是直直的，直得
只有很少的人能像她这样活着。
她开数千公里的车去布列塔尼，
那里有她的第二个家，

有她的朋友们。
她还常去那里的学校,给孩子们讲
反抗的故事。她很快
就要九十六岁了。

十一月的某天下午,
在迪约勒菲有电影放映。
放映的是马尔特·鲁丁的一部纪录片
《关于他的二三事》,有字幕。
之后是所谓的座谈,
嘉宾讨论的东西
其实自己也没什么概念。
最后,听众也可以发言。
安妮特发言了,
就像词意一样,
言发了出来,一发不可收拾。
坐在上面的一位嘉宾
是个高大严肃的德国人,
她看了看安妮特,好像意识到
自己最好别开口。活动结束后
还没走的人一起去吃饭。
饭馆又吵又挤,
多半是周六晚上。
安妮特吃着鸭胸脯,胃口很好。

那她旁边高大的德国人呢?
没有什么可多想的,特别是
面前的菜也没什么值得去想的,
那晚她吃了章鱼。

她听了安妮特故事的缩水版,
当时也没有想着要写下来。
她并没有怎么多想,
因为她很忙。
在她周围持续不断的
碰撞声和嗡嗡声中,
她能听到的
就只有安妮特说的。
她的眼睛直直地盯着这位年老的妇人,
心里在想:是真的吗?
真有像你这样的人吗?
(安妮特一开始就没跟她用敬称,
她心里想的也是没用敬称)。
与其说是她听安妮特在说,
还不如说是她能真切地看到安妮特在说,
如此生动,如此友好,
安妮特就这么跟一个陌生人
说着,那什么又算是陌生呢?
就是这样,没有人对另一个人来说

是陌生的,只是很少有人表现得
也这么样。另外,她说话或是半吞半吐
所用的语言,夹杂着俚语、
个人化和口语化的东西,听起来
一点也不像医生那样说没什么
个性的话。安妮特会常用一个表达方式。
用法语表达"如果你愿意的话",
其他人都会尽量快速连读
(有些人也会说:"如你更想"
或"你更喜欢的话"),
而安妮特则更倾向于她自己创造的变体:
"如果你想往那儿走的话。"

对着面前的章鱼,她坐着,
她这一刻所经历的,
在其他场合,可能叫
中了丘比特之箭,或是
中了爱情的闪电。
她刚到家,就马上又去找安妮特。
安妮特不会对每个人都这样,
但会为很多人提供食宿。

章鱼天性使然,
过一段时间就会喷出墨汁,

墨汁留在了它之前
还在的地方。
它所留下的是一团黑色的云，
在这团黑压压的云里，
生活着蓝天白云般的
安妮特。

加缪是和平主义者，而安妮特不是。
但她却用自己的人生照亮了
加缪所写的东西。最后，
我们就在脑海里把下面这段话中
西西弗斯的名字用安妮特的来代替吧：

加缪写道，在即将消逝的瞬间，
在回望人生的时刻，西西弗斯
回到山顶，望着一个个生命的片段，
记忆把它们连在了一起，
很快又会被死亡封存。
所有的努力和痛苦，
为到达更新的高度所作的抗争，
足以填满一个人的心灵。
因此，我们最好能想象
西西弗斯是幸福的。

作者简介：

德国作家、翻译家安妮·韦伯（1964— ）出生于德国奥芬巴赫，1983年起在法国巴黎生活。她曾将德国作家毕希纳奖得主西比勒·列维查洛芙、毕希纳奖得主威廉·格纳齐诺等翻译成法语，还将法国作家诺尼诺国际文学奖得主皮埃尔·米雄、龚古尔奖得主玛格丽特·杜拉斯等翻译成德语。韦伯用德法双语写作，至今已出版了十余部小说。她的作品曾获多德勒尔文学奖、3Sat文学奖、克拉尼希施泰纳文学奖和约翰·海因里希·沃斯翻译奖等。她的最新作品《安妮特》获得2020年德国图书奖。

译者简介：

李栋，多语种作家、德法英中多语译者。曾先后获得国际笔会与美国翻译家协会英译翻译奖及德国洪堡、德意志交流中心、德国孤独堡、法国卡玛格、美国雅斗等多个国际机构和艺术中心支持。他的首部英语诗集获得芝加哥大学出版社凤凰诗人系列首届新锐诗人图书奖。他曾英译中国诗人朱朱和宋琳，与人合译德译中国诗人臧棣，中译美国先锋诗人弗罗斯特·甘德普利策获奖诗集《相伴》及续篇《新生》由华东师范大学出版社出版。

The work of the translator was supported by a grant of the German Translators' Fund as part of the programme NEUSTART KULTUR by the Federal Government Commissioners for Culture and Media.